タイトル読本

高橋輝次［編著］

左右社

はじめに

本書は創作者たちが、タイトルをどう考察し、どうつけて、現場がどう動いたかエッセイと書き下ろしを収録した一冊です。構成は「つけ方」「発想とヒント」「誕生のとき」「それぞれの現場から」の4章立てで、タイトルをめぐる悩みだけでなく、つける際のアイデアやヒントも盛り込みました。

作品を世に送り出す最後にして最大の難所がタイトルです。これまで何十時間と時間を使い、原稿用紙何百枚に書いてきたことを数文字が代表する。作品の顔となり、運命を左右するので、決定には作者と関係者それぞれの思惑が渦巻きます。

本書を読み進めると、タイトルをつけるときに大切なことがわかってきます。作品の本質に迫りひとことでまとめる力、作品への期待を高める言葉のセンス、リズム感とユーモアと発想力、時代をつかむ力など……創作者たちの経験を読むことで多くの示唆が得られるでしょう。

うまくできたタイトルは、思わず受け手の足を止め、作品を手に取らせます。読み終わったあと余韻を感じながら見返され、覚えやすいメロディーのように多くのひとの記憶に残ります。時には社会現象になってしまうことさえあります。つきることのないタイトルのはなし51話。

悩めるひとも、楽しむひとも、これまでの傑作と明日の「最高のタイトル」のために。

目次

Ⅲ 誕生のとき

Ⅳ それぞれの現場から

芸術

詩歌

◆本文について

本文表記は原則として新漢字を採用しました。

読みやすさを考慮して適宜ルビをふりました。

原文で明らかに間違いと思われる表記は編集部で判断し訂正しました。

収録に際しエッセイ等の前後を省略したものがあります。

I

つけ方

表題あれこれ

堀口大學

自著の表題には、若い頃から、心を用いて来た。おしゃれな気質の現われかも知れない。何しろ表題は、言わば書物の顔だから、見目美しくあれと願うわけだ。しゃれっ気と同時に、人には必ずと言っていい位い自惚《うぬぼ》れっ気もある。その上にまた、わが子可愛いさの私情もある。それやこれやで、大正七年というから、今から六十数年以前のこと、自分の生れて初めての著書、訳詩集の為めに、自分が選んだ表題が『昨日の花』。当時自分は二十六歳、八十八歳になった今日でも、名実ぴったりのいい表題だと、心たのしく自惚れている。

他方この幼ない訳詩集に、序文を賜った永井荷風先生も、この表題を踏まえて、あの有難い御序の筆を起しておいでになる。のたまわく、「何故に昨日の花とは名づけたる。昨日の花とはつみとりてその色いささか変るともその香はながく残りて失せじとのこころか、そもそもこの詩集はいく年月べるじっくにふらんすに又めきしこにいすぱにやに何れも美しき羅典語系の国々さまよい歩みたまひける若き詩人わが堀口大學君そのさすらひの道すがら新しき仏蘭西の詩の中にても取りわけて新しき調をかなでたるものをとりてわが国の言葉に移しかへられしを集めて一巻とはなしけるなり。」云々と過褒のお言葉が続くのだが、表題はやはり内容の看板だ。看板にいつわりが在ってはいけない。一応内容の表示、説明になっていなくてはいけない。字面《じづら》や音声が如何ほど立派であろうとも、内容とかかわり悉無《しつむ》では話になるまい。ここが選択に苦心を要する所となる。他方また表題は、自分の気に入らない事には、これまた話にならない次第だが、別にもう一つ難関がある、表題はまた他人の気にも入らなければならないのだ。読者、つまり買ってくれる人の、読書欲を刺激する要素も多分に含んでいて貰いたい。売れなくっては困るのだ。そのためには、斬新な時代の好みを先取りして、一二歩の先鞭をつける位の才覚が必要になる。

つまりいい表題は、いつまでも古くならない表題だという事になりそうだ。たとえば先きに揚げた大正七年発行の僕の訳詩集の表題として初登場した『昨日の花』の四文字が、その後、時うつり世は変り、星霜六十余年を経た昭和五十三年に、新刊のエッセー集の表題として立派に蘇みがえっているが、これなぞもこの四文字の表題に今日的な新鮮さが、いまだに生き続けていて、昔のことはご存じない著者に拾い上げられたというわけ、つまりこの表題は、いい表題だったというわけだ。

さて次ぎに語るこれも訳詩集の表題ですが、今日から逆に数えて五十五年以前、それまでも詩集の表題に、やれ『月光とピエロ』だの、やれ『月夜の園』だのと、やたらにお月さまが好きで、お世話になって来ていたが、この度もやはり、この集を月かげのさやけさで包んで、読者の机上に送り届けたいの一念から、収録の詩人六十六家、作品三百四十篇という大群なので、思案のあげく辿りついた表題が『月下の一群』と相成ったという次第。その当時、まだ若く発足早々の無産の出版者、第一書房の長谷川巳之吉君が、あの時分としては未曽有の豪華本、大版、天金、背皮、七百四十九頁、定価四円八十銭也という金色燦爛たる大冊に仕立て、社運をこの一冊に賭けるほど惚れこんだこの訳詩集の魅力の一半は、実に『月下の一群』というこの五文字にあったのではなかろうか。僕は今でもそんな気がしている。この五文字が、どうやら大成を目ざして波荒い出版界という名の大海に乗り出した、この若い理想主義者の美意識にぴったりしたもののようだった。

ところで、先きに書いたあの『昨日の花』の場合にあったと同様な後日談が、『月下の一群』にもあらわれた。という事の次第は一九七六年というから昭和五十一年五月のこと、輝かしい演劇界の赫々たる新星唐十郎の君が、「粗野にして繊細なる友よ」と呼びかけて、世の同志に働きかける堂々たる季刊誌の表題として、この五文字『月下の一群』を蘇えらせて下さった。この五文字、誕生以来五十年いまだに生きていてくれた、生々溌剌として、有難いことだった。ところで僕、つい最近、性懲りもなくまたしても、自著詩文集の表題を、新らたに一つさぐり当てたが、今度もまた、苦心惨憺、この先きいくばくもない老いの日の、貴い残りの光陰の三日がかりというから勿体ない。

見つかったのが『秋黄昏』。重箱読み（※語の上の字を音として、下の字を訓として読む熟語の読み方。湯桶読みも同じ意味――編集部注）、湯桶読みで恐縮だが、アキコウコンとお読み下さい。いいえ、親孝行、大神楽の例もあることですし、とにかくアキタソガレではわびし過ぎます。

三つの著書

林芙美子

何でもないやうですけれど、著作や著書の題名の選び方といふものは、なかなか難かしいものです。造作もなくつけてあるやうでも、題名の選定には、作家は、人知れぬ苦心をしてゐるのではないでせうか。私なんか、あれかこれかと色々苦心をして、十も二十も仮題をつけて見て、その中から、自分の姓名に調和するものを選ぶやうにしてゐます。芙美子といふ名が甘くて華やかですから、私は、成るべく地味なものをと心掛けて、その中で、作品の内容に即した気に入つたものを選び出すのですが、題名の選定には、これで一苦労をするのです。横光さんはよく軟かい華やかな題名を好んでつけてゐられるやうですけれど、あれは決して考へなしのものではなく、横光利一といふ名は肩を張つたきつい感じのする名ですから、それで軟かいどちらかと言へば甘い感じのある題名をつけて、名との調和をはかつてゐられるのだと思ひます。姓名と題名との調和は、なかなか大切なもので、例へば、「花々」林芙美子など丶つけたら、それこそ華やか過ぎて甘くなつてしまひますけれど、「花々」横光利一なら、ぴたりと感じが調つてしやんとします。題名なんかどうだつていい、内容さへ立派であればと言はれ丶ばもうそれまでですけれど、私は、作家にはさうした細かいところにまで気のつく思ひやりがなければ嘘なのだと思つてゐます。

今度創元社から出版した「心境と風格」「蜜蜂」「一人の生涯」の三つの著書などもその意味で、何れも地味な題名を選んだのですけれど、あれで相当な、苦心と注意とをはらつてゐるのです。それに、三つの著書を、同時に同じ社から出版したのにも、これには理由があるので、決して考へなしにやつたのではないのです。

作家といふものは、どんな作家にだつて、色々な生活面があり、それがその著作の中にも色々な形で現はされ、また知らず識らずの間に泌み出してもゐる筈です。私は、作家としてのその色々な面を、あらゆる角度から見て貰ひたかつたからなのです。たつた一作か二作を読んで、その作家全体を批評したがるひとがよくあるものですけれど、それは作家にとつて、この上もない迷惑なことであり、また非常に残念なことでもあると思ふのです。そんな意味で、私は、随筆集、短篇集、長篇小説と、三種類の著書を同時に出版して、少しでも、自分の持つてゐる色々な面を見て貰ひたいと思つたのです。ですから、随筆集にも、短篇集にも私は、私の新しい作品古い作品を通じて、自分で最も個性の出てゐると思はれるもの、またそれぞれの時代の思ひ出深い一番なつかしい印象のあるものを選び出し、それをそれぞれ一冊に纏めてみました。この二冊で、私の色々な面を見て貰つて、その上で、私の一番最近の作品である長篇「一人の生涯」を読んで貰へたら、少しは、私といふものが、良いにつけ悪いにつけ理解して貰へるかしらと、そんな気持で三つの著書を出版したのです。まあ言つて見れば、手つとり早い作家理解の選集とでも言つたらよいのでせうか。全集とすれば大袈裟になりますし、と言つてたつた一つの著書だけでは物足らないし、そんなところからも、この三つの著書に各々連絡を持たせてある出版は、読者にも便利でありませうし、親しんでも貰へるものだと思ひます。そして、私としては、これは新しいこゝろみであるとともに、意義のある出版だとも考へてゐるのです。

題をつけにくい文章

丸谷才一

ビュトールの『絵画のなかの言葉』（清水徹訳・新潮社刊）を読んでゐて、かういふ台詞に出会つた。

いかなる文学作品も、ふたつのテクストの結合からできていると見なすことができる。つまり本文（エッセーなり、小説なり、戯曲なり、ソネットなり）と、その標題、このふたつがそれぞれ極となって、そのあいだに意味の電流が流れるのだが、一方のテクストは短く、もう一方は長い（中略）。これと同様に、絵画作品もかならず、カンバスなり板なり壁画なり紙なりの上の形象と、ひとつの名称——たとえそれがブランクになっていようと、解釈を待ちうけている名称だろうと、まったくの謎だろうと、たんなる一個の疑問符にすぎなかろうと——そのふたつの結合として、わたしたちに提示される。

絵についても、文学作品についても、ビュトールは当り前のことを言つてゐるだけである。しかし、われわれがとかく忘れがちな基本的な事情をこれほど効果的に思ひ出させてもらつたとき、それは単なる当り前の話ではなくなり、むしろ正しい意見といふことにならう。そこで、小説の題についての私見。

小説の移り変りを集約的に示すのは小説の題の移り変りである。たとへば十八世紀の小説の題は副題がついてゐるのが普通で、その結果、むやみに長かつた。『名高きモール・フランダースの浮沈の運命、彼女はニューゲイト監獄に生れて幼時をはじめ、その後六十年の波瀾万丈の生涯を、十二年間娼婦、五度は人妻（うち一回は実の兄弟の妻）、十二年間は盗賊、八年間はヴァージニアの流刑重罪人として過し、最後に富裕となり、誠実な生活を送り、悔悟者として死亡、彼女の覚書にもとづき執筆』といふ具合に。これはまるで週刊誌のトップ記事の見出しを悠長にしたみたいだが、事実、デフォーは小説家といふよりトップ屋だつたのである。またたとへば、昭和のはじめには漢字を二つ並べる題がはやつた。言ふまでもなく横光利一と川端康成の影響である。『紋章』や『禽獣』の場合には、『名高きモール・フランダースの……』の委曲を盡した具体的な説明と正反対に、簡潔な言ひまはしで暗示し、余韻を響かせようと狙つてゐる。

現在の日本文学にはかういふ調子の支配的な流行がどうも認めにくい。この流行の欠如は、ビュトールふうに言へば短いほうのテクストといふことになるものの型が決つてゐないこと、ただそれだけを示すものではない。長いほうのテクスト（つまり本文）の型の混乱および未成熟と照応するものだらう。いや、もうすこし詳しく言へば、二つのテクストを極にして流れる意味の電流の流れ方が改まりしかもその然るべき流し方をまだ我々が発見してゐないことを端的に示すものだらう。

しかし、わたしがここで言ひたいのは、むしろ、現在の日本の小説家が題の新しいつけ方を探すことに不熱心で、すつかり古びて手ずれた在来の型にぼんやり従つてゐる気配が濃いのではないか、意味といふ電流が流れにくいのは一つにはそのせいではないか、といふことである。これは本文のほうの型を探ることの怠慢ときれいに対応するだらう。そして、ここでは小説の題に話をしぼったが、同じことは詩や戯曲やそれから批評の場合にももちろん言へる。

タイトルについて

田辺聖子

小説の題というものはむつかしい。

私は題に拘泥するほうである。タイトルができないと、主人公が動いてくれない。

その点、エッセーはよい。「夕刊フジ」に連載した『それゆけおせいさん』（これはのちに『ラーメン煮えたもご存じない』と改題したが）なども、そう書いておくと、どんなにでもふくらむ。私は近年講演はやめているが、昔、引きうけていたころはたいてい演題は「女性と文学」か「小説と人生」だった。そういうのをつけていると融通が利き、展開が自由である。

もっともエッセーにも『いうたらなんやけど』というタイトルを与えたため、本屋で購入するとき難儀した、と読者の方にお叱りを頂いた。本屋へいって、

「あのう、『いうたらなんやけど』ありますか」

といったら、本屋さんは、

「ハイ、何ですか」

「『いうたらなんやけど』ですが」

「ええ、どうぞ」

「『いうたらなんやけど』あるのか、ないのかッ」

「そやから、どうぞ、いうてまっしゃないか！」

という騒ぎだったそうである。

人さわがせな題をつけた私が、ワルイのであった。

ともかく、タイトルは本の装幀とともに、本の顔である。とくに小説の場合、小説の雰囲気を暗示するふくらみがなければならない。

ところで私は小説なるものは、なるべくやさしい言葉で奥ゆきふかいのを理想としている。むつかしい言葉が使われているから奥ゆきふかいと思うのはあやまりである。漢語熟語もなるべく、やまとことば、日常の口語にかみくだいていいかえたほうがよい。しかし、むつかしい言葉をならべて偉そうに見せたがる人も、まあべつに居《お》ってもよい。いろんなのがとりまぜあってこそ面白いのだから、みながみな一色になってしまったのではつまらないだろう。

むつかしい言葉を使い、むつかしい言い廻しの文章を読むのが好きな人もあるのだから、本は読者をえらび、読者が本をえらぶとはこのことであろう。

ただ私の場合は、平易な表現、というのを心がけているので、タイトルもそうありたい。

するといきおい平仮名が多くなる。

『すべってころんで』や『夕ごはんたべた?』や『朝ごはんぬき?』や『愛してよろしいですか?』や『中年ちゃらんぽらん』『窓を開けますか?』などであるが、あまりに日常次元であると、かえっておぼえられにくいのか、まともにいわれることは少ない。

『夕ごはんたべた?』は、夕ごはんまだ? とか、夕ごはんのあとで、とかおぼえられ、『窓を開けますか?』は、窓をあけて下さい、窓をあけましょうか、などといわれる。『すべってころんで』を、すべったりころんだり、といわれるぐらいはいいが、

『苺《いちご》をつぶしながら』

という長篇小説の題を、イチゴをふみつぶしながら、といわれたときは弱ってしまった。

わかりやすいタイトルも程度ものである。

これは以前に書いたことがあるが、タイトルをまちがっていわれた中で、最も派手なマチガイは『感傷旅行(センチメンタル・ジャーニイ)』を、「タナベサンは『センチメンタル・チャリティ』という小説で受賞され」と紹介されたこと。いやまあ、それぐらいはいいか。

やはり講演のときの講師紹介で、

「おもなエッセーには『女のナカブト』などがあり……」

といわれ、私は、「は?」と一瞬自分の耳をうたがったが、司会者は手の中のメモを澄まして読みあげている。あとでそのメモを見せてもらったら、「女の中太」とあり、これでは何のことやらわからない上に、何となく女の著者としては落ちつきわるい。『女の長風呂』のことなのである。電話で経歴や著書を聞いてこられたので、どこかで聞きまちがいがあったとみえる。私は何となくノボせて、恥ずかしい気がしてしまう。

タイトルを思いつくときは、人との会話がヒントになることもある。以前に、ある女性とバーで飲んでいて、その女の人がふとお家へ電話し、ご主人に、

「晩ごはんたべた?」

と聞いていた。冷蔵庫に夕食の準備をしておいたのだそうだ。その口調がいかにもやさしく耳にひびいたので、私はすぐ、

「ねえ、その、あなたのいったこと、題に頂くわよ、小説の」

といった。

「えっ、あたし、何いったっけ」

と女友達は全く、何ごころもなくいったものらしかったが、私はちょうどそのとき、新聞小説の

タイトルを考えあぐねていたので、ぴかっとあたまに閃《ひら》めいたのであった。もっとも「晩ごはん」は字づらがよくないので、『夕ごはんたべた？』に変えた。しかしこれは正確には大阪弁でも東京弁でもない。大阪弁だと「晩ごはん」になり、東京弁だと（私はよく東京弁を知らないが）「お夕飯」になるのではなかろうかと思われる。

しかしタイトルのときには、字づらのいいもの、すわりのいいものを使うので、日常慣用語からはずれてもしかたがない。

私は題でも遊ぶので、「夢の紙挟み」のようにタイトルばかり蒐《あつ》めたノートをつくっていろいろ考えるが、これはあんがい、役に立たぬようである。題ができて小説をそれにあてはめて書く、ということはしないから。

やっぱり書きたいことと、ムードがわかって、それから題を考える、ということになる。もっともそのときに、いろいろ蒐めたタイトルを参考にして、ひとところ、ふたとこ変えてつかう、ということはある。

私は日本文学の中で、いちばんすてきなタイトルは王朝の物語類だと思っている。これらの中には散佚《さんいつ》してその実態をうかがい知れぬものも多いが、『かばねたづぬる宮』だとか『月待つ女』だとか『埋れ木』『物うらやみの少将』など心そそられる題ではないか。『堤中納言物語』もいい。この中の、『虫めづる姫君』や『思はぬ方にとまりする少将』などのタイトルは物語としてはまことに興味を催さずにいられぬ、動きと花のあるタイトルである。時代からおくれてもいけないが、時代に媚《こ》びてはもっといけない。

その点、「センチメンタル・チャリティ」や「女の中太」は、あんがい、いい題というべきではないかという気が、このごろしている。

小説の題にもハヤリスタリはある。いや、ハヤリスタリはすべてのものにあるのだから、わざわざ小説の題にも、とことわることはない。思想にも学問にも道徳にも慣習にも、ハヤリスタリはあるのだ。ファッションにだけハヤリスタリがあるのではない。

それでいえばいまは痩せるのがハヤっているが、これもハヤリスタリのうちだ。そのうちまた、「女はふっくら、ぽちゃぽちゃでなくてはならぬ」という時代もくるだろう。いまみたいに若い娘が痩せすぎて、笑うと顔に老婆のようなシワができたり、裸になると毛をむしられたニワトリみたいに貧弱な肢体だったり、するのがいいとは、どうしても私には思えない。

それに若い娘ほど濃い化粧をしている、あのハヤリもおかしい。若い子はうぶ毛が光るような新鮮な肌がそのままで美しいのに、痩せることに夢中になってロクなものを食べない、食べものに元手をかけないから、皺《しわ》んでいじけた、くすんだ肌になってしまう。この、「痩せたんこそ美や」というハヤリは、早くスタれればよい。

そもそも医学もハヤリスタリである。いまハヤっている療法もやがてスタれていくに違いない。もちろん、医学はほかのハヤリスタリと違い、積み重ねの上のハヤリスタリなので、現在ただいま最新、というのを信ずるほかないのだが、大元のことを忘れないのがよい。

つまり、その地に出来るナリモノを、その地のやりかたで食べ、クヨクヨせず、よく体とあたまを働かせ、ヒトのいいところだけを見てあげる、そうしてみんなと仲よくし、そのお蔭で寝首をかかれる恐れがないから夜もぐっすり眠り、自分でも満足するくらいシッカリしたいい便を出す、これが人間の健康の大元だと私は思うのだが。そしてこれは大昔からハヤリスタリに関係ない真実だと思うのだ。これ以外はみな、ハヤリスタリ、体外受精や排卵誘発剤、中絶もみなハヤリスタリである。そのときどきの人間にとって必要なものがハヤっていく。

いや、話がそれてしまった。

小説のタイトルにもハヤリスタリはあると思うのは、以前、石原慎太郎氏の『太陽の季節』が発表されたあと、「ナニナニの季節」というのをよく目にした。『太陽の季節』は別として、もともと「季節」はあいまいなコトバなので、私はピンキーとキラーズの歌の「恋の季節」(岩谷時子作詞)のほかはあまり成功していないと思う。『太陽の季節』より十二、三年あとの歌なので、そのころにはかえって新鮮に「季節」がひびいた。

笹沢左保さんの木枯し紋次郎シリーズの題も「ナニナニ峠にナニナニを見た」などと長いのが新

鮮であった。その影響は大きく、ずいぶんあちこちで長いタイトルがハヤったと思う。ついに週刊誌の見出しにも長い題が進出して、それだけで独立したヨミモノになるくらいであった。題だけで楽しめるというのは、江戸期の読物やお芝居からの伝統かもしれない。

西鶴の『世間胸算用』にある「長刀はむかしの鞘《さや》」とか「小判は寝姿の夢」「門柱も皆かりの世」とか、また山東京伝の『江戸生艶気樺焼（えどうまれうわきのかばやき）』恋川春町《こいかわはるまち》の『金々先生栄華夢』、お芝居でいうと『妹背山婦女庭訓（いもせやまおんなていきん）』『菅原伝授手習鑑（すがわらでんじゅてならいかがみ）』など、内容を示唆していたらぬ隈《くま》なく、しかも興味をかきたてるように作られている。

笹沢氏の紋次郎シリーズも週刊誌の惹句《じゃっく》も、ちゃんと日本文学史の伝統にのっとったものといえよう。

小説の題はさきにつけるのか、あとからつけるのか。

これもよく聞かれる質問だが、長篇のときは連載がはじまるからよんどころなく先につけ、短篇はあと、ということになる。

しかし例により締切りにおくれて小説の題を先に、といわれたときは、だいたいの骨格から題を考えていう。

編集者はいそぎ、目次にその題を掲げる。

小説雑誌の目次は、タイトルの横に、面白そうな惹句というのを書かないといけない。

「えー、大体、どういう話でしょう？」

と不安そうに聞くのが常である。その不安感は、期限に間に合うか？　内容がともかく見られるものに仕上がるかどうか？　その二つの憂慮から生まれるものである。私としては、ことさら明るい声で答えないといけない。

「えー、ハイミスがおりまして」

「ハイハイ」

「男に誘惑されてる」

「それは妻子ありの男ですか」

「えー、そうは思ってなかったのですが、そうしましょうか？」

「いや、それはタナベサンの心づもりのままで結構ですが、それでどうなりますか」

ここで「どうしましょう？」と反問したら、相手はとたんに転倒《こけ》るかもしれぬ。いや、ほとんど発狂するかもしれぬ。何しろ締切りはもうすぎてるのだ！　私はとりあえず、

「ともかく迷うんです」

迷ってるのは私であるが、相手は電話の向うでメモに書きとめているらしく、

「迷う……ハイミスが男に誘われて、ですね、迷う、と。それで？」

この頃の電話は性能がいいから、東京からかかってきても、イライラした口調がハッキリ、つい近くでしゃべっているように聞こえる。

「とにかくそういう話です！」

それで？　といわれたって私はそこまでしか考えてないから言えないのである。編集者は気もそぞろに、

「わかりました。ともかくちょっとコメディー風に、いつものふんわかしたお色気で」

「ま、そうですね」

これが現実に本になってみると惹句には、

「エロチックコメディー！　ハイミスの女ざかりは迷う！」

などとあるが、中身はいっこうコメディーになっていなくて、陰々滅々、と、こういうスカタンがあったりし、中身と題もキマっていなかったり、する。

中には怪我の功名で、手当り次第につけた題が、書こうと思う内容にぴったり、というのもあるが、題が上等すぎて内容がついていかないのもある。

内容が上等で、題が平凡というのは、まだいい。内容につれて、題までよく見えてくるからである。

作曲では、何番の交響曲というのはあるが、小説には何番の長篇、というのはなく、それからすると、文字が表現手段の文学は、すでに題から、内容の一部なのであろう。私は、題も内容にぴったりして、また時代にもぴったりした、と思い入ったのは、村上龍さんの『限りなく透明に近いブルー』と、田中康夫さんの『なんとなく、クリスタル』だった。

標題のつけ方

河野多恵子

日本人の名前の場合

西洋の文学作品には、主人公の姓名または名を標題（タイトル）にしたものがよくある。「アンナ・カレーニナ」「ジェーン・エア」「マノン・レスコオ」「ナナ」「ロリータ」「カルメン」等々、主に女性名で、男性名ですぐさま思い浮かぶのは「デイヴィッド・コパフィールド」「オリヴァ・トゥイスト」くらいだが、それらの標題がいずれもよい標題に思われる。それぞれの優れた内容が、固有名詞の標題を有名にし、それ故にいい標題に思わせるところも多分にあるのだろう。姓名の数にかけては、日本人は途方もなく多く、それに較べると西洋人の姓名の数は余程少いようである。聖書から名を採ることも好きらしく、作中人物たちでも実生活でも女性の四人くらいに一人はエリザベスだったりする。先に挙げた人名の標題中の〈カルメン〉にしてもやたらにある名だそうだし、〈アンナ〉もよく出てくる名である。〈ジェーン〉にしてもそうで、「ジェーン・エア」の上梓された年に死亡している同姓同名の無名のジェーン・エアの墓石がロンドンのどこかの教会墓地にあったという。

勿論、それらの作者が主人公名を考える時、最初から標題用にするつもりであったとは限らない。主人公の名前がいたく気に入ったので、それを標題にしたものもあるだろう。確かなことは、作家は誰でもそうであるように名前のつけ方に心を用いたことだけである。

私などには一向に分らないが、西洋人にとっては彼等の姓や名にも派手とか地味とか、何かの特色が感じられるところがあるらしい。知人のアメリカ女性が飼猫に〈シルビア〉という名をつけたら、「猫にそんな名前をつけるなんて」と友人たちが笑ったという。「その名前は猫にはおかしいのですか？」と私は別のアメリカ女性に訊いてみた。やはり、おかしいのだそうだ。〈シルビア〉といえば、綺麗で知的な女性を想像するとか……。

十七世紀のイタリアを用いた作品を書いた時、登場人物たちの命名では、イタリア人の姓名のことを最小限ながら調べた。そうして、択んだ名前がこういう人物には不自然ではないか、似合うかと、日本語のできるイタリア人に見てもらった。女性主人公の生家の商家は、〈ナルディ商会〉と名づけてみた。〈ナルディ〉という姓は、少しリッチな感じとのことだった。同家は大商人ではなく、だが代々の一廉《ひとかど》の商家なので、頃合いのようだと思って、それに決めた。また、作中のある二女性の名を同名にする必要があった。〈レナータ〉はよくある名前のようだった。訊ねてみると、やはりそうなのだった。そして、いくらか古風な感じの名前であるという。同名にしたい二女性は主人公の義母と曾祖母であったから、丁度都合がよかった。

そのように、西洋人の名前でも、綺麗で知的な女性を想像させたり、少しリッチとか、いくらか古風とか、何かの特色を感じさせるものがあるらしい。だが、私が西洋のことに不案内で、そして根からの日本人であることを考慮に入れても、日本人の姓名のもつ印象は西洋人のそれより格段に強いと思う。意味のある文字で成り立っているからである。姓はすべて漢字である。名も大抵は漢字である。漢字には一字々々に意味がある。女性名の平がな、片かな名前でも、意味が備わっている。

日本の文学作品に、姓名または名を標題にしたものが稀少なのは、字姿の問題と相俟って、それ故なのだろう。標題が読者を拘束しすぎる心配がある。前章の〈名前のつけ方〉の項で、作中人物の名前は読者に対してのものであると同時に、創作の過程で作者自身にとっての役割りを担っているものでもある、と私は書いた。そのことは標題についても同様なのであって、作者が主人公の名前を最初から標題にするつもりであった時、そのこと故に只さえ印象の強い日本人名は創作過程で作者自身に不利な影響を与えるおそれもある。

日本文学の作品にその種の標題が稀少なのは、先達の作家たちがそれらの理由を察していたからではあるまいか。実際、その種の標題の作品で知られているものとしては、志賀直哉の「大津順吉」と堀辰雄の「菜穂子」くらいではないか。そして、私は堀辰雄の作品とは相性がよくなくて、「菜穂子」の標題についても、こういうのを毛ぎらいというのかもしれないが、少女趣味を感じてしまって、一向によい標題とは思えない。「大津順吉」がその主人公の印象に似つかわしくもあり、人名を標題として唯一成功している作品と思っている。

断わるまでもあるまいけれども、歴史もので「宮本武蔵」「徳川家康」等々、有名な人物の名前がしばしば標題にされるのは、ここでは問題外である。

文学作品の標題に日本人の人名をつけることは、先ず考えないほうがよい。とはいえ、内容の出来栄えと牽《ひ》き合って魅力に富み、その人名の標題が永く有名になり得るような作品が現われる奇蹟を望む気持も一方にはある。

ネガティブな標題は避ける

第四章で何を書くかについて述べた時、私は初めて芥川賞の候補になった自作の「雪」にも触れた。付記しておいたが、その作品は選に洩れ、川村晃の「美談の出発」が受賞作であった。「雪」はその標題さながらに溶け去り、「美談の出発」は出発したわけである。

既成作家の仕事を顕彰する或る文学賞の選考会が終って雑談になった時、私は自分が推して通らなかった作品のことで「実は厭な予感がありました。ネガティブな標題ですから」と言った。主催者側の出版社々長が、「内容のいいものでもネガティブな標題の作品は、売れ行きでも不思議に弱い傾向がありますね」と言われた。

ネガティブな標題は避けねばならないようである。ジンクスのおそれの故ではない。文学というもの、つまり言葉のおそろしさがつくづく思われるからなのである。

ネガティブな標題の作品は、よく出来ているものでさえも、何かが足りない。張りとでもいうべき、手応え、魅力が足りないように思われる。そのような標題を択ぶ時、作者の姿勢自体が消極的だったからであろう。択ぼうとした標題がネガティブのほうに傾いているのに気づいたならば、その作品の創造に本当に意欲がそそられているかどうか、一度よく考えてみる必要がある。そのような本質的な理由から、ネガティブな標題の忌避をすすめたい。

ネガティブな標題作品の大きな例として、私は平林たい子の長篇「不毛」を思いだす。文芸雑誌に連載されたものだが、長篇の連載をはじめるのに、彼女ほどの作家がそのような標題を択ぶとは驚くほかはない。彼女は潔すぎるところもある人だったから、さっさとその標題に決めてしまったのかもしれないが、ふと魔でも差したかのような感じである。内容はある一連の不毛な事態を扱ったものであった。その作者らしい強くて鋭い見方や表現に度々出会えるものの、作品としての不毛感は否めなかった。当時の彼女が身辺落ち着かず、創作にはよい精神状態ではなかった、とは後に知ったことである。

余談になるが、連載が完結して間もなく、ある出版社主催のパーティで、平林が「江藤淳という人は来ていますか?」と担当の編集者に訊いた。「さあ? ちょっと見て参ります」と編集者は答え、やがて戻って来て「お見えになっていないようです。何かご用でも?」と言った。当時の江藤淳はさぞかし若かったと思うけれども、すでに大新聞で文芸時評を執筆していて、完結したばかりの「不毛」をその紙面で厳しく批判したのだった。「あの批評には兜を脱ぎました。立派なものです。感心しました。敵ながら天晴《あっぱれ》です。どういう人なのか、ちょっと見ておきたいと思いましてね」と彼女はそう言って笑ったそうである。

「不毛」や「雪」がネガティブな標題であるといえば、すぐさま分る。しかし、標題におけるネガティブの意味合いを述べるには、そのように単純明快な例だけでは不充分に思えるので、補足しておく。

「瘋癲老人日記」と「夢の浮橋」――谷崎潤一郎の両作品を例にすると、瘋癲とか老人とかの用語のある前者はネガティブな標題らしく思われるかもしれない。しかし、この標題は特にポジティブとまでは言えないまでも、不毛やはかなさではなくて、臆面なきが如き強さを孕んでいる。「夢の浮橋」のほうこそ、典拠との関係を抜きにしても、それ自体がネガティブな標題である。凝った内容だが、作者が叶えられぬと承知している夢と、ひそかにそれを告白している心情との低迷感があり、谷崎文学特有の一途さのない、珍しく弱い作品となっている。

以上のように述べてはきたが、ネガティブの標題の作品が概して弱いことは確かであっても、時には、それを覆した作品が生まれることもある。

丹羽文雄先生の「雪」もそのひとつである。お作としては或いは唯一の例外ではないかと思われるが、登場人物は男性ばかり。冬山で雪に閉じ込められた男たちの様相を描いた見事な作品で、その標題が動かしがたいものに感じられてくるのである。

「太陽の季節」はポジティブな題の見本だが

ネガティブな標題について述べた以上は、ポジティブな標題のことにも触れなければならない。こちらには、石原慎太郎さんの「太陽の季節」という非常に便利な例がある。むしろ、例としては便利すぎるくらいだ。と言うのは、まさかとは思うものの、ポジティブな標題とは必ずあのようなものであるべきと考えられる懸念があるからである。「太陽の季節」そのものは、まさしくポジティブな標題であり、よい標題でもあるけれども、それを手本にし過ぎて、いやがうえにも陽性の強い標題を見つけようとするのは、本末転倒である。私の言いたいのは、時折の例外作品は見られるものの、ネガティブな標題は避けるということであって、ポジティブであればあるほどよいという意味ではない。書こうとしている作品が作者の強い創作衝動に基づいているならば、決まるのは当然ポジティブな標題になるのである。敢えて陽性の強さを求める必要はない。ポジティブの意味を自由に広く考えて、決めればよい。

そこで、決めるうえで参考になりそうなことを述べる。勿論、標題はそんなことを参考にするまでもなく、一瞬の閃きで決まってしまうこともあるけれども、思案を要することのほうが多いからである。

標題で先ずよいのは、その作品全体を包み、同時にモチーフに繋がっている標題である。芥川龍之介の「鼻」や谷崎潤一郎の「刺青」はその至って簡明な見本である。どちらも、題材とモチーフが、作品全体を包み、同時にモチーフに繋がっている標題が得られやすい取り合わせになっているので、迷うことなく張りのあるよい標題が、忽ち得られた感じがある。大江健三郎さんの「飼育」も、そのような標題として思い浮かぶ。

ただ、それらはいずれも短篇作品である。勿論、モチーフが鮮明であってこそ可能なのだが、短篇では、題材とモチーフが、作品全体を包み、同時にモチーフに繋がっている標題が得られやすい取り合わせになっていることが比較的多いのである。もっとも、今日では短篇小説に長いものがふえていて、それも必然性のない長さのものが珍しくない。私がここで短篇と呼んだのは、四〇〇字詰原稿用紙でせめて一〇〇枚くらいまでの作品のことである。そして、それ以上の長さをもつ中篇、長篇では、忽ちにしてよい標題が得られる機会は、短篇におけるよりも確率はかなり低いと思われる。短篇に比して、書こうとしている作品の要求してくるものが多岐に及ぶので標題を決めるのに、その取捨選択の難しさがある。

「卍（まんじ）」の場合

谷崎潤一郎の「卍（まんじ）」。〈（まんじ）〉の部分は読み方を記したものではなく、それぐるみの標題である。もともと、〈卍〉は〈万〉を字源とした標《しるし》である。旧い「仏教用語辞典」では〈卍〉は〈マン〉であり、「世界大百科事典」では〈まんじ〉は〈卍字〉である。

「卍（まんじ）」とはどういう作品であるかということを最も手短かに且つ最も具体的に述べようとすれば、女性同性愛小説であると答えるしかない。関西言葉での語り手の柿内園子（聞き手は作中人物としての作者）と徳光光子が、同性愛の二女性である。

ところが、彼女たちの同性愛を表わす標題では、この長篇全体の上辺《うわべ》を覆っただけで、本当に全体を表わしたことにはならない。モチーフに結びついた標題にはなっていないからである。

谷崎がそれまで作中の男性によって描き続けてきたマゾヒズムは、主として肉体的マゾヒズムであった。その彼が心理的マゾヒズムの最初の試みとして、この作品に取り組もうとしたのである。そのために、彼はこれまでのような玄人っぽい女性は択ばなかった。この作品の本当の主人公は柿内孝太郎であり、心理的マゾヒストの対象たる女性が単純であっては困るので、徳光光子は教養ある女性に設定され、その男女の間に立つべき役割の柿内夫人の園子も当然教養のある女性でなければ勤まらないから、そのような女性に設定されている。

ところが、柿内は光子によって心理的マゾヒストの欲望を叶えられたいのである。いわば段取り的存在の妻が同性愛に耽ってくれても、彼はそれほど心理的苦痛に与《あずか》れるわけではないし、また目指す光子が全く異性を欲しない女性で彼の妻との同性愛で満ちたりているのであれば、彼の心理的苦痛の手がかりはのっぺらぼうで心理的マゾヒズムの世界は総崩れになってしまう。光子に男性愛人を配するならば、そうならずにすむ。そこから設定されたのが綿貫であろう、と私は察しているのである。

この作品には、谷崎の激しい創作衝動が感じられる。光子に対する、柿内の心理的マゾヒズムの欲望の叶えられたさが、モチーフである。が、そのような作品なのでモチーフに直結しているだけの標題では広がりが乏しすぎる。モチーフから生まれる、四人の男女の関係は非常に錯綜したものであるからだ。先に記したように、この作品を最も手短かに且つ最も具体的に述べようとすれば、女性同性愛小説というしかない。が、谷崎はそのような全体の上辺の、だが強い印象も内的手続上のモチーフも見殺しにするとも、一括してぶち込むともいうような気持で、標題「卍（まんじ）」を冠したのであろう。

〈卍〉の標は古くから仏教や各印度教だけではなく西洋でも用いられ、いずれも吉祥、吉瑞、慶福など、よいことを意味する標である。ナチスが標とした逆〈卍〉（右〈卍〉）に因む鉤十字はその逆の意味を示すことでユダヤ人呪記を謳ったものだそうだが、日本や中国では〈卐〉も〈卍〉と表わす意味は同様であるという。そして〈互に相追うように入り乱れるさま〉の意味である〈まんじともえ（卍巴）〉という言葉は勿論〈卍〉の象形から生まれたものだが、本来この言葉を用いる時には「卍巴のように……」というように必ず〈卍巴〉とし、「卍のように……」とか「卍になって……」とか〈卍〉だけを切り取っては用いない。そして、谷崎の「卍（まんじ）」の標題は、当然この〈卍巴〉の意味であるにも拘らず、その用法を敢えて破り、標である〈卍〉の象形にその意味を直結させ、それのみですませた「卍（まんじ）」という大胆な標題は、まことに印象が強く、特異であり、この作品に対する作者の大きな抱負の息吹が伝わってくるようでもある。そして、四人の男女の関係が非常に錯綜する実際のこの作品にとっても、きわめて適った標題にもなり得ているのである。

スパイスの効果

標題とは、その作品の特色を表わすものでなければならない。ところが、「卍(まんじ)」で見たように、長篇となると捕える角度によって、幾つかの特色があり、作者としては、それぞれの特色に未練がある。標題は着手以前に生まれていることもあれば、作品の進行中に、あるいは完成後に思いつけることもあり、いろいろな段階で取り替えられたり、定着するまでの経緯は様々であろうが、標題を考える時、作者は常にその作品のあれこれの特色を頭に置いている。が、特色に未練をもちすぎると、標題は決めにくくなり、決まっても何か苦しげなものになりかねない。わるくすると、作品の特色と乖離したものになったりする。

「卍(まんじ)」に、同性愛の柿内園子と徳光光子が奈良の春の若草山の山頂で過ごす場面がある。この作品には、園子が光子の裸体を見ようと挑んで果すところなど、ほかにも強い印象を与える場面が幾つもあるけれども、若草山の山頂のところは、不思議なほどに美しく、作中随一の見事な場面である。

仮りに、作者(ここでは、谷崎の意味にあらず)がこのような場面を構想し、あるいはすでに書きあげた時、標題を「若草山」としたくなるかもしれない。奈良へは幾度か行ったことがあり、春の奈良の若草山も知ってはいるけれど、創作のためにあらためて訪れたほどの身の入れようであれば、猶更《なおさら》であろう。二女性の仲が緊密になるのは、その時以来のことでもあって、その美しい場面を読むと、そうなるのはもっともだと思わされてしまうほどだ。だが、標題「若草山」では、この作品の特色を何も表わせていないわけである。そのすばらしい場面にどれほど魅かれていても、標題をつけるうえでは、作者はそこに未練をもってはいけない。潔くあらねばならない。勿論場面は一例として挙げたにすぎない。今日書かれている作品につけられる、感覚的に、あるいは発想的に、現代ふうの標題でも、「若草山」式の失敗をしているものが珍しくない。

それから、こういう標題のつけ方もまず成功しない。これはいわゆる短篇の場合の標題のつけ方に時どき見かけられたものだが、今日の長くなった短篇でも同様である。作中で繰り返し出てくるもの、あるいは作品のしめくくり用に使われたものをそのままなり、それに因んだ言い方をするなりして、標題としている場合である。

抽象的な標題をつけるのも、一案だろう。ただ、矛盾した注文のようだが、その場合でも、スパイスのように何か曰く言い難い具体性が加味されているほうが印象が強まるように思われる。三島由紀夫の「仮面の告白」は、巧みな標題である。私は彼のよい読者ではなさそうなので、このような推量をするのかもしれないが、私はあの作品では執筆動機に処世への思惑の気配を感じてしまうのである。しかし、標題の点では、そのことは無関係である。

モチーフをずばりとそのまま据えた標題である。日本には、私小説に弱い土壌があり、且つ西洋文学を崇める風潮があり、その西洋文学には西洋式の告白文学がある。そのために、この標題には格別に読者への喚起力が備わっている。それだけで、作品の特色を表わしているのと同様の役割りを果してしまっている。しかも、「仮面の告白」は後ろ姿の肖像画とはわけがちがう。どういう仮面なのか、地声と異なる仮面越しの声はどう聞こえるのか。素顔の告白にはない新鮮な内容を予告する強みを帯びて、まことに巧みな題というほかはない。視覚的に字姿もよい。標題でも配慮を要することの一つは、字姿である。

あれこれと述べてきたが、最後に一言つけ加えておきたい。標題を考える時、よい標題をつけねばと力みすぎないことである。ただきえ、意表を衝いた、よい題を思いつこうとして懸命になっているのだ。そのうえ更に力むことはない。ゆったり構えてみたほうがうまく展開に繋がることも、よくあることなのである。

題名のつけ方

斎藤栄

これまでで推理小説についての私の考え方など、基本的なことは、ほとんどお話しまして、いままでのことがお分りいただければ、すぐに皆さんは筆を執って小説を書き始めていただいて結構だと思うんです。後は、どんなふうに書こうと、どんな題名をつけようと、どんなふうなものが出来上がろうと、全く皆さんの責任においておやりになることで、それで書き上げればいいということだと思うんです。

ですから、きょうは執筆をする直前のこと、あとは実際に書くこと、という二つに絞りまして、お話を具体的に進めてみたいと思います。

実際に新しく小説をお書きになろうという時に、まず一番最初に考えなくちゃならないのは、漠然とどういうふうに書くかじゃなくて、タイトルを決めよう、というのが普通の考え方じゃないかと思うんです。

勿論、小説はタイトルから決めていく場合もありますし、ミステリーですから、トリックから決めていく。つまり、発想の原点がタイトルにある場合もあるし、トリックにある場合もある。あるいはもっと大きくストーリー全体にある場合もある。あるいはまたヒーローとか、ヒロインというところにスタートのものがある。いろんな出方があると思います。

しかし、現在、推理小説の世界では、同人誌はいざ知らず、一般のプロの書いている小説であれば、まず題名が、大変に重要なウエイトを持っていることがお分りになると思います。題名によって、同じ作家の作品であっても、かなり売れ行きが違う。

では、題名は一体、誰が決めるのか。普通小説家が当然決めるんで、まず第一は、小説家が決める。これは当たり前のことですね。私の小説の題名も、勿論、私が決めているんですけれども、ものによっては出版社が決めるという場合もあります。出していったタイトルについて、出版社が注文をつけて、これよりもこのほうがいいんじゃないかということで、それによってタイトルが変わってくる、という場合もあります。あるいはもっと広く、取次というのがありまして、出版社が本を出すについて、取次が取って、それが小売の書店に卸すんですけれども、その取次の発言権もだいぶ強くなっていまして、取次が意見を言う、ということもあるようです。

そういうふうにいろいろありますが、いずれにしても、とにかく人が本を買おうという時には、作者によって買う場合、出版社によって買う場合、題名を見て買う場合と、いろいろあるわけです。その中でも、特に題名はその小説全体を決めるという上で、非常に重要なウエイトを持っているということが分ると思うんです。

たとえば一つの例を挙げてみましょう。私の受賞作は、「殺人の棋譜」ですが、これは実は、私が付けた題ではありません。私が江戸川乱歩賞に応募した時は、「王将に子あり」という題名でした。ちょっと硬い題名だと、自分でも思いますけれども、江戸川乱歩賞の選考委員の中に、木々高太郎さんという人がおりまして、選者六人の大部分の人は勿論、私の受賞に賛成だったんですが、木々高太郎さんだけは、反対したんですね。

なぜ反対したかというと、私の小説の主人公は、悪い意図を持って人を殺したのではなく、愛によって人を殺したという設定だったので、そういうのはちょっと不自然である、それはおかしい、というようなことを言われたらしいんです。しかし、最終的には受賞を認めてもよろしい、そのかわりタイトルを変えろ、という条件を付けて賛成された。したがって、その時のタイトルは、「殺人の棋譜」がよかろう、ということを言われたそうです。

私は選考の席におりませんので、よく分りませんけれども、いずれにしてもそんなようないきさつで、私の初めて世に問うた長篇の「王将に子あり」は「殺人の棋譜」になってしまったんです。私の印象から言うと、棋譜という言葉が、耳で聞いたんでは、ちょっと何のことかよく分らないという感じがするんです。将棋のことをよく知っている人は、棋譜と言えば、すぐ分るんですけれども、普通の人は、棋譜って一体何だろう。神社、政党に寄付するという、あの寄付みたいな、「殺人のキフ」なんて、ちょっと普通では分らない人がいるんですね。

その後でも、電話なんかで喋った時に、「キフってどういうふうに書くんですか」と訊く人がいるくらいで、私としては、あまり一般的でない題名だと思いますね。

しかし、ともかくそんなふうにして、私の最初の作品は、他人が付けてしまった題名で世の中に出ると、こういうことになっています。そんなことから、題名は、必ずしも作家が付けてないということが、まず第一にお分りいただけたかと思います。

その後、私が講談社から出した「紅の幻影」という小説があります。これも実は、私が付けた題ではないんですね。新人の頃は、いろいろ注文が多くて、なかなか自分の題では出せなかった。特に、昭和四十年代はまだそういう時代でして、これはもともと「日本の殺人」という題だったんですね。どうも「日本の殺人」では、はっきりしないからというので、講談社が付けたわけです。

私は、やはり、納得できないんですね。自分が付けたものでないと、題名というのはなかなか納得できなくて、途中でこれを改題しまして、「勝海舟の殺人」というタイトルに一時変えたことがあります。これはまた、それなりに非常に売れたんですけれども、売れてみると、やたらにタイトルを変えるのは……、この間、朝日新聞にも、タイトルを変えるのはよくない、というような記事がありましたけれども、それはそうなんですね。タイトルを変えると、私のファンの方は、これは違う小説だろうと思って、また買っちゃうわけですね。ですから、非常に気をつけなきゃいけないんですけれども、タイトルを変えると、完全に買っちゃいますね。ちょっと見れば分るんですけれども、鉄道弘済会の売店なんかだと、見ないでパッと買っちゃいますから。

そういうわけで、「紅の幻影」は、後に私が「勝海舟の殺人」と変えたんですけれども、またさらに改題しまして、「紅の幻影」に戻したんです。現在は「紅の幻影」ということで講談社文庫に入っていますけど、どうもそういうふうにタイトルというのは非常に難しくて、結論的に言いますと、やはり、タイトルは、自分で付けるのがいいですね。

皆さんは、当然、自分で付けるでしょうが、友人が、これがいいよ、と言っても、自分のタイトルは、自分でお付けになるのがいいと思います。そのほうが、仮にそれが悪くても、自分でやったことですから、納得できるんです。他人のやったことは、やはり、最後は納得できないという部分が残りますから、大切なタイトルであればあるだけに、ぜひタイトルは、自分の考えでピシッとお決めになることがいいだろうと思います。

いまは沢山同じタイトルがあるので、現在、これをチェックするために、日本推理作家協会では、コンピュータにタイトルを全部入れて、特に題名は管理しよう、と。今度はトリックを管理してほしいんですけれども、トリックはさすがにちょっと難しいものですから、タイトルはやろうということになって、いまこれからコンピュータを買って、あるいはリースするのかもしれませんが、なにかそういうことでやりたいと言っていますから、これからは、タイトルがだぶるということはないと思います。

ただし、同じ長篇同士だと、タイトルがダブるということは避けなきゃいけませんけれども、しかし、長篇と短篇ならば、同じタイトルの小説は幾らもあります。私は、「枕草子殺人事件」という長篇を発表しましたけれども、ある女流の人が、やはり、「枕草子殺人事件」というのを書いていまして、これは短篇なんですね。ですから、私は、「奥の細道殺人事件」「徒然草殺人事件」「方丈記殺人事件」と続いて「枕草子殺人事件」を長篇として発表するということなんで、先に短篇の同題名のものがあることを知っているんですけれども、あえて発表する。こういうこともあります。

この題名は、大変付け方が難しいんですね。で、長篇と短篇でも多少違う。長篇でも、たとえば一番分りやすい例としては、松本清張さんの長篇の題は、一種独特のつけ方をしています。あれは参考になると思うんです。

と言うのは、清張さんの題名の付け方、たとえば「眼の壁」とか、「霧の旗」とか、「Dの複合」とか、何の何、というのが大変多いんですね。そして「の」の前後を挟む漢字は全然脈絡のないのを持ってくるわけです。

「眼の壁」、眼と壁とは全然関係ないわけで、そんなふうに持ってくる。これは、私は、俳句的な付け方だと思います。

あの人は、俳句の素養もあるようですけれども、全く違ったものを二つ、あるいは三つ、ポンと出して、その中の脈絡は、鑑賞する人の自由にまかせるというようなところがある。だから短くても、「眼の壁」というと、何だろうと、本来、眼と壁とは全然関係ないものですから、何かありそうだな、という感じもするし、よく分らない。だから読んでみようという気がするという、こういう感じだと思います。

ですから、清張さんの頃、昭和三十年代から四十年の初めの頃にかけては、そういう付け方をいろいろな人がやったと思います。

私は、これは俳句的な付け方と言っているんですけれども、これは、短篇でも応用できると思います。面白い題名を付けることが出来るんですね。一つの何々というものよりも、何の何とやって、前後をちょっと関係のないもので結ぶと、一体これは何だろう、とみんなが考える。それでいいという考え方もあります。

これはだけど、難しいんですね。またそうやっても、それだけでは、実際問題としてはなかなか売れないという問題もあるんです。何だか分らないから買わない、という人もいますからね。

そこで、二番目の殺人事件ということですが、殺人事件がちょっと多過ぎるというような昨今の批判もあります。私なんかも、沢山殺人事件と付けるほうの筆頭にあげられていますけれども、私は、何がなんでもそういうふうにしてるわけじゃないんですね。たとえば魔法陣シリーズにしても、魔法陣というような言葉を特に使って、殺人事件というのを使わないように避けるとか、いろいろ努力しているんですけれども、いずれにしても「何とか殺人事件」というのは、まず長篇。「ザ・マーダ・ケース・オブ……」という、殺人事件というのは外国の翻訳語なんですけれども、それが長篇として大変重みがあるということと、一目見てそれがミステリーであることが読者に分る。読者が聞違って買っていくということはない。

まァ、私の場合は、斎藤栄と書いてあるだけで、ミステリーだと、みんな思ってくれますけれども、人によっては、「殺人事件」と書いてないと、何だか分らないというのもあります。そういう意味で、「殺人事件」というのを使う。

私は古くから、第一に「奥の細道殺人事件」というのもありますけれど、むしろその前は私は、「殺人旅行」というふうに付けていたんですね。一番古いのが「香港殺人旅行」、それから「黒部ルート殺人旅行」。私は、殺人事件というのが古くからあまりにも使われているものですから、最初は、それを避けようとしたんです。「殺人の棋譜」以来、しばらくは殺人旅行というのを使っていたわけです。いまでも殺人旅行シリーズというのを随分書いていますけれども、そんなふうにしていたんですが、「奥の細道」の時に、「奥の細道殺人事件」というのを発表してしまったので、あれが有名になってしまったので、しばらくまた殺人事件に戻ってしまったという感じもあります。

実は、あの「奥の細道殺人事件」も、私の付けた題じゃないんですね。あれは元は「複合汚染」という題だったんです。ところが有吉佐和子さんが「複合汚染」というのをやってしまったので、私としては、とにかく「複合汚染」では、それこそ公害告発小説みたいになっちゃうので、「複合汚染」、あるいは「汚染」という題にしようかと思ったんだけれども、結局、有吉さんのほうが発表してしまったので、「奥の細道殺人事件」というふうにしたんです。ですが、結果的にはそれがよかったと思うんです。

「奥の細道殺人事件」という題名は、光文社が付けたわけですけれども、それを付けて以来、私は、続いて、じゃあ「徒然草殺人事件」にしよう。決して初めから、「奥の細道殺人事件」「徒然草」「方丈記」「枕草子」と書こうとしたんじゃないんですね。初めは、全然違うそういうのを書いたら、タイトルが「奥の細道殺人事件」に変えられた。変えられたので、それに乗っかって、次々と書いてみた、ということなんです。

だから、必ずしも論理的に運んでいるわけじゃなくて、そういう波みたいなものに乗っかって書いている、という部分もあります。

いずれにしても推理小説では、殺人事件が多い、多いということをよく言われます。ですから、タイトルに殺人事件と付けるのは、最近はかなり勇気も要るんです。安易だと人に言われると厭ですから。私は、殺人旅行というのを前から使ってたんで、最近は、やはり殺人旅行というのを多用していますけれど、ついこの間は、少し違った付け方をしようと思って、「ガリバー・コンプレックス㊙」という題のミステリーを発表したんです。㊎とか、㋪とかいうのがありますが、㊙とやって、これを殺人事件と読ませるつもりで、「㊙は殺人事件と読んで下さい」という注を付けて発表したんです。だけど、やはり、なかなかこれを殺人事件と読んでくれないんですね。ですから、いまはこれ一冊だけで、ほかではやっておりませんけれども、こんな苦心をいろいろしているわけです。

殺人事件というのを使わないで、いかにして一目で、殺人事件であることを分らせるかというタイトルの苦労は、そんなふうに、殺人旅行から、㊙とか、殺人旅情とかいうふうに動いているわけです。殺人旅行というのは、私が付けて使っちゃっているものですから、ほかの人は遠慮して使っていませんね。殺人行なんてやっています。旅という字を取っている。旅という字を付けたのは斎藤栄がやっているから、やはりそれをやると、真似と見られるのが厭なので、みんなお互いに苦労し合っているわけです。なかなかタイトルというのは本当に苦労します。

皆さんも、長篇の場合は、作家はただ安易に付けているんじゃない、そして必ずしも作家が、自分が付けたいものが付いているとは限らない、というようなことをお知り置きいただきたいと思うんです。

作家と出版社との関係というのは、まァ、お互いに持ちつ持たれつということがありまして、特に新人の頃というのは、出版社の発言権が大変大きくて、ほとんど出版社によってこうしなさい、と言われたら、大体そうするというふうになると思います。しかし、その頃、そうやって変えたものが、だんだん、だんだんと自分がある程度書いてベテランになってきますと、さっきの「紅の幻影」じゃありませんけれども、非常に迷ってきて後悔して、自分の付けた題にすればよかったな、と思ったり、でも、そういうふうにやって売れているなら、また、そういうふうにしようかな、と思ったり、いろいろと悩んだりなんかするわけです。

その間は大変複雑ですけれども、皆さんは特別に、そういう出版社の関係をあまり考えることはないと思います。

とにかく先ほど来申し上げているように、タイトルについては、ご自分で決断して付けていく。そうすることが、たとえば自分の子供に付ける名前みたいに、何となく納得できる。他人に付けてもらうよりは、そのほうがいいんじゃないかと、私は思うわけです。

それから、実際に小説を書き始める前に、どの位の長さにするかというようなこともあります。これも相当長くないと、あまり意味がないんですが、推理小説は、大体一冊。続きもので一巻、二巻、三巻、四巻とやるのは大変問題があるようです。せいぜいやっても上下巻というのが限界で、三冊以上になるミステリーはあまりありませんけれども、やはり、やってはいけないと、私、思うんです。

このことでは、大変、私も苦い経験があるので、特にそのことを申し上げます。これも前にチラッと申し上げたかもしれませんけれど、私には、「空の魔法陣」という長篇がありまして、原稿用紙にして二千枚の長篇なわけです。二千枚のミステリーというのは、日本では勿論、一番長いと思いますし、外国でも、比較はちょっとしにくいんですけれども、まず一番長いほうじゃないか。集英社文庫からこれを文庫化する時に、あまり長いんで、かなり厚いんですけれど、上中下の三巻として発売したわけですね。

ところが発売して間もなく、私が近所の本屋に行ってみますと、上巻と下巻しか置いてないんです。「これ、どうしたんですか」と訊いたら、「いや、これはこれでいいんだ」と言うから、「いや、中巻があるはずだ」「あ、中巻があるんですか」って書店のおやじさんが言うんですね。これには、ちょっとショックを受けましてね。

その後、今度は北海道のぼくの知り合いの書店から手紙が来まして、「先の『空の魔法陣』は大変よく売れています、上巻と下巻が」と、こう言うんですよね。これもまた大変なショックで、これはまずいぞ、と。

つまり、上巻を読んで、次は下巻だと思って、書店のほうも中巻を並べてないわけです。だから当然、上巻の次は下巻で、買って読んで面白いというんで、両方よく売れているんですよ。これは作家としては困っちゃうんですね。下巻が売れなきゃいいんです。つまり、中巻がないから売れないっていうんならいいけど、両方とも売れている。

それでいて、中巻は全然出てないんですね。つまり、読者はどうしているんだろうと思うんだけど、前を読んで、後を読んで納得しているんですね。そうとしか取れないような売れ行きになっちゃったんです。

これは大変困って、いま、出版社のほうへ厳重に抗議してまして、こんなやり方は大変困る。近々、さらに改訂する時に、今度は上中下をやめて、一、二、三、第一巻、第二巻、第三巻として、それぞれの巻の終りに「続く」というふうにやれば、順々に買っていくだろう。上巻、下巻だけだと、上巻を読んだら、当然、下巻があるだろうと、下巻を捜したら、あったから買った、それで終り、ということになっちゃうんですね。

もともと、この前から話しているように、いま、軽薄短小時代で、一つの小説が二千枚なんていうのは、正直いっていま時ないんですよ。時代物は別ですけれども。ですから、現代ミステリーでは、これは日本最長の小説なんです。

私がここに、篇別、巻数の問題として出したのは、ミステリーというのは、どうしても、皆さん一息に読みたいという気持を持つものですから、一息に読ませなきゃいけない。そのためには、本の形も、上中下なんていう三冊じゃなくて、二冊位にしたいものだなあと、私は思ったものですから、あえてここに取り上げたんです。これもまた、まだ書き始めの頃であれば、それほど問題になるようなことではないのかもしれません。

題名とネーミング

渡辺淳一

一　いかに重要か

今回は、本のタイトルと登場人物のネーミングについて述べてみたいと思います。

まず小説を書くという作業は、タイトルをつけることからすでに始まっていると考えるべきです。タイトルというのは、その作品の全体を象徴するもので、適切なタイトルをつけることができれば、その作品のイメージを大きく膨らませ、読者に広く訴えかけることが可能になります。

それだけ重要なものですから、わたしもタイトルを決めるまでは一週間くらいいろいろと考え、編集者ともよく相談します。どんなに時間をかけても、最後は自分の感性で決めるわけですが、そこでピタッとくるかこないかが、勝負どころとなってきます。

題名がうまく決まれば、その作品を書き続けているあいだ気持よく、あるハイな状況でいられますが、題名に不満が残っていると、どこかでそれが尾を引き、いま一つのりきれない感じで書き続けなければならなくなります。

したがっていいタイトルをつけることは作品の内容にまで大きく関わり、タイトルのネーミングが上手であることは、作家の重要な資質の一つだといっても過言ではないと思います。

古い作家の一部には、タイトルにエネルギーを費やすなんて無意味である。小説は内容さえよければいいんだとか、タイトルに凝るのは邪道だといったような考えの人もいたようですが、わたしはそうは思いません。一つの作品をより多くの人に読んでもらい、自分のイメージを的確に訴えたいときに、タイトルなどはどうでもいいというのは、ある意味で書く側の思い上がりだと思います。

このことはエンターテインメントであろうが純文学であろうが、共通していえることで、タイトルをおろそかにするようでは、作品そのものをおろそかにしているといわれても仕方がないと思います。

この意味からも極端にいえば、文学賞の作品選考においてもタイトルがうまいというだけで、かなりの評価を与えてもいい、逆にいうと、内容がまずまずだとしても、タイトルがよくなければ、その作家の資質に首を傾げたくなることがあります。いずれにせよ、これから書いていこうという新人には、とくにタイトルを慎重に考えて欲しいものです。

考えてみれば一般の企業でも新しい製品を売り出すときには、ネーミングに膨大な時間と費用をかけているわけで、作品のタイトルもそれと同じことですから、自分の作品を愛するなら慎重のうえにも慎重を期すのが当然だと思います。

二　自分の作品から

ここでわたし自身の作品について少し触れますが、一九九〇年に講談社から出した長編の『うたかた』という作品には、「逢瀬《おうせ》」という題名も考えていました。

「逢瀬」というのは、短編の場合にはそれなりにきっかりしてよさそうに思えたのですが、長編のタイトルとしては少々脂がのりすぎているというか、くどい感じがする。この小説では、大人の男女のひたひたと盛り上がってくる情愛みたいなものを表現したかったのですが、そこへ「逢瀬」ともってきてしまうと、そのものずばりというか、テーマに近すぎて少し重い感じになってしまうように思いました。

こういうことからも、長編の場合には、あまりストレートにテーマに近すぎると、つらいというかうるさく感じることもあるわけで、こういったことは、やはりある程度、数をこなしてきて次第にわかってくるものかもしれません。

ところで、一般に作家はどういうところからタイトルを考え出すものだろうか。何人かの作家に聞いてみたところでは、自分でいろいろ考えるとともに、辞書とか詩集などから言葉を探す人もいるようで、それぞれかなり苦労しているようです。

わたしの場合は、歳時記や句集や歌集などを読んで、ヒントを思いつくことが結構あります。

タイトルというのは内容を表すのが第一ですが、それと同時に作家のイメージや作品に向かう姿勢を表すことにもなります。そのためにも、単に内容を正確に表すだけでなく、一種の気取りというか気張ったものが必要です。そこを変に照れて抑えすぎては平板なものになってしまう。かといってナルシシズムがすぎるといやらしくなってしまいますから、そのへんの兼ね合いがむずかしいわけです。

何本も長編を書き続けてくるとタイトルのつけ方一つにも、自ずと作家の特徴が現れてきます。たとえば漢字をたくさん使うとか、わりあい柔らかな平仮名を入れるとか、文字の使い方一つをとってみても、その作家の資質が出ているし、それは作品傾向ともつながってきます。

松本清張さんの作品には、「黒」という字が入っているのがわりと多いようですが、悪を暴くとか、人間のどすぐろい内面を描き出すという、清張作品の社会的なテーマには、「黒」という文字が最も合っていたのかもしれません。

わたしは、なるべく平仮名を入れた柔らかい感じのものが好きです。漢字ばかりだと堅い感じになってしまう。森村誠一さんなんかはタイトルに漢字を多用することが多いようですが、それは森村さんの作品の雰囲気と、それに向かう姿勢などを表して適っているように思います。いずれにしてもタイトルにもその作家の素質や個性が出ていて、調べてみると面白いものです。

最近は歌と同じように小説でも横文字を片仮名にして、そのままタイトルにしている人もいるようですが、わたしはそういうことはほとんどしません。しかし洒落《しゃれ》たタイトルなら片仮名も面白いので、いつかつけてみようと思っています。

いずれにせよ、こうしたタイトルの機微がわかるようになるまでには、ある程度の経験が必要です。ですから初期の作品のなかには反省すべき題名がいくつかあります。なかでも失敗したと思うのは直木賞受賞作の『光と影』で、これは主人公となる二人の人生の明暗をそのままストレートに表しただけで、内容に合ってはいるけれど、それを超えて訴えてくるふくらみがない。いいかえると題名がそのとおりまっとうすぎてつまらない。このように明快すぎるタイトルというのは、読者がイメージを膨らませる余地を奪うのであまり感心しません。

初期のころに、新潮同人雑誌賞を受賞した『死化粧』という作品があります。タイトルとしては悪くはないんですが、わたしがこれをもとの同人雑誌に発表したときは「華やかなる葬礼」でした。しかし少し気取りすぎて生意気に見えるかと思って「死化粧」に変えたのですが、やはり「華やかなる葬礼」のほうが新人らしい気負いもあってよかったようです。このように、若いときはせっかくのいい感覚を、まわりに気兼ねして抑えるという失敗もあります。

他に、『小説・心臓移植』というのがありますが、これはストレートすぎてまったく感心しない。しかし言い訳じみるけれど、初期の作品にときどきおかしな題名があるのは、編集者主導のものもあって、『小説・心臓移植』にしても「心臓移植」を全面に押し出して売りたいという編集者の意図が強かったわけで、いまさら編集者を非難するつもりはありませんが、初めのころにはこうした問題はよくあることです。

この小説はのちに文庫にするとき「白い宴」と改題しましたが、迫力だけからいうとやはり「小説・心臓移植』におよばないわけで、このあたりも難しいものです。

はっきりいって、直木賞受賞以後のものはすべて自分でタイトルを決めていますから、あまり不満なものはありませんが、なかでわりあい気に入っているのは『ひとひらの雪』で、これはやわらかな語感とともにある新鮮な感覚が出ていていい題だったと思っています。

この題を見て某作家が「雪は、ひとひらふたひらと数えるのか」と皮肉まじりにきいてきましたが、そういう瑣末なことは超えて、ここは、ひとひらでなければいけなかったと思います。

『リラ冷えの街』も気に入っていて、内容よりも題名が過ぎている感じですが、たまには、そういう作品があってもいいと思います。

その他では、『化身』『北都物語』『白夜』『公園通りの午後』なども気に入っているほうで、『愛のごとく』も、ちょっと比喩的な意味を含ませて、ある程度成功しているのではないかと思います。『桜の樹の下で』も、タイトルとしてはちょっと強引なところがあるけれど、悪くないと思うのですが。

『花埋み』『無影燈』は、つけたときにはいいと思っていましたが、あとで考えると、少しわかりにくいかもしれません。『遠き落日』はまずまずで、『女優』『静寂の声』なども、そんなに悪くはないけれど、してやったりというところまではいかない、自己採点では、七、八十点というところです。

三　その他の作品

最近、新人賞への応募作品などを見てみると、内容のわりには題名の冴えないのが多くて、傑出した題名にはあまりお目にかかりません。最初のうちは、どうしても余裕がありませんから、ストレートにつけてしまうのはわかるけれど、もう少し気取りとともに、作品そのものを柔らかく包みこむような雰囲気が必要だと思います。

もう十五年も前になるけれど村上龍さんの『限りなく透明に近いブルー』というのは、いささかこけ威《おど》し的ではありますが、おや、なんだろうという新鮮な驚きとともに、心にある引っ掛かりを感じさせる。引っ掛けるということは必ずしも悪い意味ではなく、そういうアトラクティブなところも、作家の一つの才能ということができます。

ところでタイトルをつける際には、その言葉の音感も大事です。わたしは「らりるれろ」というラ行のなだらかな音を使うのが好きで、反対に濁音はあまり使わないようにしています。『花埋み』には濁音が入っていますが、それでも「花」という華やいだ言葉があるから救われているようです。

わたしのこれまでのタイトルからすると、いま「文藝春秋」に連載している『君も雛罌粟《コクリコ》われも雛罌粟《コクリコ》』というのは、馴染みのない感じを受けられるかと思います。編集部内でも、長すぎるということと、雑誌のタイトルとしてはわかりにくいということもあって、いろいろ反対もあったのですが、わたしは、絶対これで行きたいといって通しました。というのも、柔らかく華やかで優美というこれまでの路線に少し飽きてきて、ここらへんで題名を変えなくてはマンネリになってしまうだろうと、これはあくまでもわたし自身の勘ですが、そう思ったからです。

一般に純文学といわれるジャンルの作家のなかには、出過ぎないようにとか、古典的な文学の範囲を逸脱しないようにとかを気にしすぎて、無理して古風な感覚におさめる人も多いようですが、題名は読者の心をつかむ重要な要素ですから、それを照れたり、恥だと思っているようでは、魅力的な題名はつけられないと思います。

実際、純文学の作家のなかにも大江健三郎さんや丸谷才一さんのように、相当刺激的なタイトルをつける人もいますから、一概にはいえません。古いところでは石川達三さんもなかなか上手なタイトルをつける人で、『四十八歳の抵抗』などは出色だと思います。

しかしだいたいにおいて流行作家はタイトルのつけ方が上手で、井上靖さんも、流行作家の位置を定めた『氷壁』あたりからはいい題名が沢山あります。そういう意味から、一人の作家の十年なり二十年なりの仕事ぶりというのは、タイトルを見ればだいたいわかるともいえそうです。

表題

筒井康隆

「濫觴」と同様、小説のタイトルもその作品に最も相応しいものがよいのだが、だからこそ表題のつけ方に悩む作家は多い。昔は主人公の名前をタイトルにした小説が多かったのだが、今では小説のテーマをそのままタイトルにする、というのが一般的だ。しかしそれではあまりにもそっけなかったり、読者の読む気を失わせたりしそうで悩むのだ。結局ここでも、前章同様その作品が傑作でさえあれば、そのタイトルこそが最も相応しいものであったということになってしまうのだろう。事実、いい作品のタイトルは単なる記号ではなくなり、作品そのものとして独り歩きすることになる。いいタイトルとは、少し変っていて、その作品にしかつけられないタイトルで、だから誰かが真似をすればその作家の品性が問われるほどの独自性を持っているタイトル、ということになる。実際にも、名作とされる作品のタイトルは、あからさまなパロディでもない限り、真似られることは滅多にない。

岩崎夏海の長篇「もし高校野球の女子マネージャーがドラッカーの『マネジメント』を読んだら」という小説のタイトルは、鉤括弧《かぎかっこ》を入れて三十五字に及ぶ長いものである。これがベストセラーになりNHKでドラマ化されたりしたからといって、長いタイトルの小説がよく売れるとは限らない。さいわいこれを真似た長いタイトルの作品は書かれていないから、さすがに誰もがこの作品はこの長いタイトルでなければならなかったのであり、これを真似てもだめなのだと認識していたのだろう。これ以前のものでは村上春樹「世界の終りとハードボイルド・ワンダーランド」があり、これも真似されなかった。他の業界と異り、さすが文壇にいるのはその程度の自覚を持った人物ばかりなのであろうと思う。他に長いタイトルの小説としてはカート・ヴォネガット・ジュニアの「ローズウォーターさん、あなたに神のお恵みを」があり、SFではハーラン・エリスン「『悔い改めよ、ハーレクィン!』とチクタクマンはいった」がある。だいたい二十字前後ならばまずまず許容範囲内であろうか。

小説のタイトルがいくら長くてもかまわないとはいえ、これがもし五十字、百字に及ぶものであれば、出版社も二の足を踏んで作者に短くするよう頼んだことであろう。何よりもこれを紹介する出版関係各社や批評家に迷惑をかける上、当然載せられて然るべき本の紹介欄から省かれてしまうおそれもある。岩崎夏海の長いタイトルの作品も今や「もしドラ」の短縮形で語られることが多い。

もしあなたの小説が短縮形で呼ばれるようになったら、それは名作の仲間入りをしたことになるので自慢してよい。憚りながら小生の作品では「時かけ」(「時をかける少女」)があります。

長大なタイトルという極端な例を除き、小説のタイトルはどのようなものであってもよい、ということは言える。つまり掟というほどのものは何もないのだ。一篇の小説が書かれた途端、そこには著作権が発生するもののタイトルの商標登録はなされないから、当然のことながら他の作家が同じタイトルを使用してもかまわないことになる。逆に、商標登録されている文字や言葉を小説のタイトルに使用しても、商標権侵害とされることはない。ただしその小説がゲーム化され、販売された場合、同じタイトルのゲームがすでに商標登録されていたら商標権侵害になってしまうが、これは創作とは別次元の問題だから省略する。

だから過去の作品と同じタイトルを使ってもかまわないわけではあるが、そこには掟とまでは言わぬものの、おのずから先行作品に対する礼儀は存在する。特にそれが名作であった場合は、そんな作品があることは知らなかったとは言えないわけで、そこに何らかの礼儀がない限り作家としての倫理性が疑われることになる。小説ではないが野田秀樹の脚本「贋作　罪と罰」は、ストーリイはほとんどドストエフスキーの「罪と罰」そのままでありながらも「贋作」と謳っている。「罪と罰」は使いやすいタイトルだから何度も使われてはいるが、たいていは「何何の」とつけ加えられたりしている。「罪と罰」そのままというのもあるがゲームであったり漫画であったり歌であったり、小説以外のジャンルが多い。小生の作品では「ウィークエンド・シャッフル」という、考えに考えてつけたタイトルが、そのままのタイトルで、あるグループに歌われていた。悔しかったものの著作権を主張することができず、諦めたことがある。

渡辺淳一の「失楽園」は、別にミルトンに仁義を通したわけではないだろうが、あれほどの古典になってしまえば、内容が同じというのでない限り許されるだろうし、渡辺淳一のあの小説はミルトンのそれとは似ても似つかぬものであり、その上エロチックな連想を誘う「失楽園」というタイトルに相応しいものであったのだからしかたあるまい。

小生ひとつだけ懺悔しなければならない。久《ひさ》生《お》十蘭《じゅうらん》の「母子像」が、国際短篇小説コンクールの第一席になったほどの名作であることを知らず、短篇のタイトルに使ってしまったのである。指摘してくれた批評家がいて初めて知り、不明を恥じたものの、もはや久生十蘭は他界していて詫びることもできぬ。しかしその作品、これ以外のタイトルは思いつかなかったし、直木賞の候補にしてもよいかという遠回しな打診があったほどだから（直木賞候補にはすでに三回もノミネートされ、すでに人気作家になっていたから、文藝春秋も躊躇したのであろう。実際にこの時はノミネートされなかった）、決して駄作ではなかったのだと思い、自分を慰めている。

同時代の作家とタイトルでバッティングすることがある。「異形の白昼」というのはわがアンソロジイのタイトルだが、森村誠一が「異型の白昼」という作品を書いて、「形」と「型」の違いや、

「いぎょう」「いけい」と読み方の違いもあったが、森村氏はこれに気づき、詫びの電話をしてきたことがある。アンソロジイと創作の違いがあるから無論問題はない。

絶対に誰ともバッティングしないタイトルをと考えても、する時にはするのであり、これはしかたのないことだ。せめて作家は誰のタイトルと同じであっても恥じることのない作品を書く努力をするべきである。先行する作品の存在に気づいても、自分の作品の方がよいという自信があれば恐れることはないのだ。

それまで「天使の誘惑」というタイトルの小説はなかったのだが、黛ジュンの歌であまりにも有名になってしまっているから、高橋三千綱は自著のタイトルを「天使を誘惑」にせざるを得なかったのだと思う。誘惑するのかされるのかの違いは解釈次第でどちらとも言えるからだ。「天使の誘惑」という官能小説が書かれたり焼酎の名前になったり韓国でドラマになったりしたのはその後だ。中沢新一のエッセイ「野ウサギの走り」が「野うさぎの走り」として焼酎になったのも、その刺激的で卓越したタイトルによるものだろう。「百年の孤独」が焼酎になったのも同様だ。自分のつけたタイトルが別ジャンルで商品化された場合は自慢してもいいだろう。

読者を読む気にさせる表題をつけるのはなかなか難しい。人によって好みが違うからいくら作者がいい表題だと自讃していても、そっぽを向く読者は必ずいる。批評家もタイトルの評価まではなかなかしてくれないから、作家もどんなタイトルがよいのかを判断できない。ここは小生の独断で、文学的に優れたタイトル、または読者を読む気にさせるタイトル、または名作なのでちょっと使いづらいし、よほどいい作品でない限り避けた方がよいと思われるタイトルのごく一部を挙げておこう。

マルケス「百年の孤独」
大江健三郎「同時代ゲーム」
カルヴィーノ「まっぷたつの子爵」「木のぼり男爵」
ボーモント「夜の旅その他の旅」
ブラッドベリ「たんぽぽのお酒」「何かが道をやってくる」「とうに夜半を過ぎて」
プイグ「蜘蛛女のキス」
檀一雄「火宅の人」
ドノソ「夜のみだらな鳥」
高見順「如何なる星の下に」
丸谷才一「裏声で歌へ君が代」
中上健次「十九歳の地図」
イヨネスコ「空中歩行者」
小林信彦「ぼくたちの好きな戦争」

川端康成「浅草紅団」
ル・クレジオ「物質的恍惚」
ヴォネガット「猫のゆりかご」
安部公房「棒になった男」「箱男」
トゥルニエ「赤い小人」
室生犀星「われはうたえどもやぶれかぶれ」
ロブ＝グリエ「快楽の漸進的横滑り」「ニューヨーク革命計画」

今、初めて気づいたのだが、思いつきで書き並べたに過ぎないこのリストを見ているだけでさえ、何だかぞくぞくしてくる。これこそがよきタイトルの凄味であり、背後に名作を背負った表題の迫力なのであろう。こうしたタイトルはとてもおいそれと自作につけられるものではないのである。しかし魅力的なタイトルは無理をしてでも少し変えて応用している作家が多い。ここにあげたタイトルを借用した小生の作品ではカルヴィーノからの「串刺し教授」、ドノソからの「邪眼鳥」があり、中上健次にはマルケスからの借用で「千年の愉楽」があり丸山健二には「千日の瑠璃」があり、小林信彦にはあきらかにボーモントからの借用で「夢の街その他の街」がある。中島らもにはいい表題が多いが「永遠《とわ》も半ばを過ぎて」と「今夜、すべてのバーで」はブラッドベリからの借用だろう。

テーマとも内容ともまったく関係のないタイトルをつけるというのも、表題に困った時のひとつの方法である。小生は一度だけ表題に困り、その短篇を思いつくきっかけになったムロジェクという作家の作品に謝意を示して「ムロジェクに感謝」というタイトルにしたことがある。読者には何が何だかわからなかっただろうが、無理にそれらしいタイトルをつけるよりは、作者にしかわからない記号のようなタイトルだって許されると考えている。絵じゃないのだから「作品1」「作品2」などは作品が増えてくると自分にも内容がわからずちょっと困りますがね。

タイトルの話

荒川洋治

小説のタイトルといえば、松本清張である。そのタイトルを目にしただけで、ぶるっと来てしまう。「点と線」「砂の器」「張込み」「黒革の手帖」「時間の習俗」「Dの複合」「分離の時間」「眼の気流」そして「ゼロの焦点」「渡された場面」「地方紙を買う女」とくればもう無敵であろう。実にうまい。作品の世界や性格もしっかり出ている。ただの言葉ではないのである。

日本の小説の題にはこれまでに数々のヒット作があった。「人生劇場」（尾崎士郎）「斜陽」（太宰治）「美徳のよろめき」（三島由紀夫）「厭がらせの年齢」（丹羽文雄）「四十八歳の抵抗」（石川達三）「恍惚の人」「複合汚染」（ともに有吉佐和子）など。戯曲では藤森成吉「何が彼女をそうさせたか」。いずれも流行語になった。林芙美子も「放浪記」「清貧の書」「風琴と魚の町」「めし」などいい題が多い。「こういう女」の平林たい子も堂々としていた。

現代でも女性が風を切る。「返事はあした」「どこ吹く風」「夕ごはんたべた？」の田辺聖子。ひらがなを生かしたタイトルがつづく。特別な言葉ではないのに印象がある。センスがいいということだ。「晩年の子供」の山田詠美や「夢みるころを過ぎても」の林真理子もうまい。純文学系はあまりうまくないということになるが、やはり漢字が多くなるためか。

せっかくいいものを書いても、タイトルがいまひとつだと損をするのはいうまでもない。作品は書いたがタイトルが出てこないという人がいる。ぼくもまた出てこない口なのであるが、ぼくの場合は最初に題を考える。それができなかったら、作品は書かないのだから楽ちんである。もちろんそれがいい題だとは限らないが、ともかくみんなあれこれと工夫しているはずである。

タイトルが浮かばないときのヒントを少し。

①何について書いたのか。ずばりの題にする。へんにひねくれたものよりそのほうがいいこともある。「人生についての文章」とか。きまりきった言葉を含んでいても少し味があればいいのだ。

②作品の外からさがさず（はじめは背伸びしてそうする）、作品のなかにある自分の言葉を使う。そのほうが無理がない。

③漢字のなかみを分解する。「整頓」にするなら、「机の位置をなおすこと」というふうに具体的な絵を持ってくるのはどうだろう。

④作品には（本も同じだが）副題は避けたほうがいい。「はるかなる四季――わが人生の記録」

なんてやめたい。相殺する。一語で決めたい。

⑤物質に目を向ける。上野駅で泣いていた少女が、思わず日頃のまじめな性格が出て、目のすみにとらえた、蛇口の栓を閉める話（佐多稲子「水」）。これなど題はいくらも考えられるが情緒的なのはふさわしくない。単純に「水」。ぴりっとする。心を出さずに物を出す。これがひとつのポイントかもしれない。

とまあ、人のことはいえるのだが、自分のことになると見えないものなのである。この文章のタイトルも「タイトルの話」あたりに落ち着くのだろう。

タイトルの妙

宮部みゆき

題名を上手につけたしと思へども
題名はあまりにむずかし

うわ言ではありません。まことタイトルは難しい。

飾りすぎてはいけない。素っ気無くてもいけない。意味がなくてはならず、意味深すぎてはならない。結末まで読んで「なるほど」と膝を打つ〝考えオチ〟タイトルはニクイ趣向。でも、最初から〝ネタばれ〟タイトルでは興ざめというもの。

タイトルに惹かれてその本を手に取るということ、よくありますよね。私は完全にそのタイプで、「お！」と思うタイトルの本を見かけると、事前に何の情報がなくても、いそいそと読んでしまいます。

自作を書くときも、タイトルが決まらないと、何も考えることができません。連載のスタートが迫ってきてしまい、とりあえず「仮題」という感じでつけたタイトルは、必ずあとで変更することになります。それどころか、そういう場合は作品そのものも失敗で、全面改稿になったりします。

タイトルは作品の顔。美形であるに越したことはありませんが、いくら美しくても、いつもいつも似たような顔では飽きがくるし、他所様《よそさま》の美人と見分けがつかなくても困りますから、ほどよい個性が必要不可欠。ただ、シリーズ作の場合は一貫性もほしい。そのうえに、一度見聞きしたらすぐ覚えることができる、耳と目になじみ易い音と字面を持っていること、あるいは一発で記憶に残る印象深い言葉の組み合わせであることが理想です。

あくまでも理想です。この条件をすべて満たすタイトルをつけるのは、少なくとも私には無理。

「あり得なぁ〜い」でございます。

ところが世の中には、そういう名タイトルをぽんぽん創り出すタイトル巧者の作家がいるんですね。清張さんもそのお一人でした。

実例を挙げればキリがない——というより、ここまでにご紹介してきた作品のタイトルを見るだけだって、それは明らかです。合わせて長篇の代表作を思い起こしてみれば、よだれが出そうなカッコいいタイトルが目白押し。う〜ん時間があったなら、もうひとつ、「あなたがお好きな清張作品のタイトルは?」というアンケートをやってみたかったです。今度は作家も対象にしてね。そ

宮部みゆき

れでもやっぱり『点と線』や『砂の器』は、上位に来るに違いないでしょうけれども。中身も名作、タイトルも名作。

ちなみに、『砂の器』は新聞連載小説でした。毎日毎日、配達されてくる新聞の連載小説の頭に、『砂の器』という体が載っているのですよ。想像するだけでゾクゾクしませんか？　すぐ中身を読みたくなりますよね。さらに余談になりますが、野村芳太郎監督の映画『砂の器』（こちらももちろん名作）の冒頭（だけではないですが）に、放浪の少年が砂浜で、文字通り砂を集めて器を作るシーンがあります。原作に対する敬意に溢れたシーンですが、それでも敢えて、私はここ、少年が作るのは、本当に「器」でなくてもよかったと、何度観ても思うのですよ。砂のお城でよかった。むしろその方がふさわしかったんじゃないかとさえ感じるのです。

『砂の器』が指し示すものは、具象としての器ではないでしょう。幸福という儚《はかな》いものに満たされることを求め、重い宿命を背負って生き続ける人間という脆《もろ》いもの――それらを象徴するために選ばれた言葉が「砂の器」であった。ですから、スクリーンの上に、砂で作った器を登場させることはなかったんじゃないかな、と（ということを書いてみて思いついたのですが、名タイトルの条件として、分かり易くはあるが即物的ではない、ということも挙げられるかもしれないですね）。

II

発想とヒント

タイトルの付け方

恩田陸

　僕はむしろ各楽器の響きの個性を大切にしたいし、結論は聴衆にゆだねたい。もちろん言いたいことはありますが、百パーセントは言わないで、八十パーセント位にとどめておきたい。（中略）いつも冗談に言っているんですが、僕の場合、曲の題名が決まれば三分の二は書けた気になる。ほとんどの作曲家は題名なんかにこだわらないんですけど。僕がタイトルにこだわるのは、やはり残り二十パーセントを聴衆にゆだねたいから。ある方向性は持ちながらも多義的な題にしたいからです。

〈『時間《とき》の園丁』より〉

のっけから引用で恐縮ですが、「タイトルの付け方」というお題で原稿を書くことになり、大変なことになった、どうしよう、と頭の隅で考えながら本を読んでいたところ、右のような一節が目に飛び込んできました。なぜかどきっとしました。そして、「これだ、この通りだ」と思いました。この文章を書いたのは、惜しくも近年急逝した、日本が誇る作曲家、武満徹です。

私は小説のタイトルを考えるのが好きです。いつでも、何かいいタイトルはないかと考えていま す。小説の中身は決まっていないのに、この先書きたい小説のタイトルだけは幾つもノートに書き溜めてあります。気に入ったタイトルを思いつくと、それだけで小説が書けた気になるし、タイトルがプロットまでどんどん産み出してくれて、逆にこちらに書けそうなパワーを与えてくれるからです。

元々、空想癖のあった私は、子供の頃から、本そのものよりも目録、映画本編よりも予告編にわくわくさせられたものでした。岩波書店の児童書の目録を眺めて、本のタイトルや表紙の絵から内容を想像していればいくらでも時間が潰せたことを覚えています。ちなみに、当時一番気に入っていた本のタイトルは『りんご園のある土地』でした。

なので、自分が小説を書くかどうかも分からない時から、タイトルはいろいろ考えていました。というよりも、どういうタイトルの作品があったら自分がそれを読みたいだろうか、わくわくするだろうか、と考えるのが好きだったのです。

私がタイトルを考えるのは、映画のポスターをイメージするのと似ています。作品そのものがポスターになっているところを思い浮かべ、タイトル文字や惹句《じゃっく》をイメージします。主要な登場人物の顔はもちろん、色調も浮かべば言うことなしです。映画のポスターは、映画の雰囲気や内容を正しく伝えなければならないのと同時に、お客にその映画を、観たいという気にさせなければなりません。だから、タイトルも、作品のイメージを感じられ、内容を期待したくなるようなものにしなければならないのです。ピタッとポスターに収まるタイトル、字体まで浮かんでくるタイトルはなかなか見つかりません。

私は、映画でもTVドラマでも、歌でも、タイトルをチェックするのが癖になっています。タイトルというのは内容を端的かつ象徴的に表すものであり、その魅力を伝えるものでなければならないと思っているからです。よく文芸誌で、新人賞の一次、二次選考に残った作品のタイトルがずらっと載っていますが、この中のどのタイトルだったら読みたいかなあ、なんてことも考えます。最近、印象に残ったタイトルはTVドラマの「天体観測」でした。ドラマは結局、時間が合わず観られなかったけれど、このタイトルならば、私もティーンエイジャーの青春群像ものを書いてみたいと思ってしまいます。

あなたの明日の予定が変更になってしまい、ぽっかり時間が空いたので、映画でも観ようと考えたとしましょう。今、目の前のテーブルの上に最新号の「ぴあ」や、最近送られてきた試写会の招待状があります。それをちょっと見てみましょうか。

『インファナル・アフェア』、『リーグ・オブ・レジェンド』、『ジャスト・マリッジ』、『ライフ・オブ・デビッド・ゲイル』、『リベンジャーズ・トラジディ』。

さて、このタイトルを見て、聞いて、あなたはその映画を観たいと思うでしょうか？

少なくとも、私は「いいえ」です。というよりも、私には正直言って、とてもこれらの映画の広報担当者が、観客の記憶にその映画を残したがっているとは思えません。もちろん、これらの中には原題もあります。だったら、いっそ英語表記にすべきで、どう考えてもこのカタカナの羅列は私たち日本人が観る映画のタイトルではありません。『風と共に去りぬ』や『アパートの鍵貸します』が『ゴーン・ウイズ・ザ・ウインド』や『ジ・アパートメント』ではないのと同じことです。

仮に、これらの映画の内容が素晴らしく、ヒットしたとします。しかし、観客は「アンディ・ラウとトニー・レオンが警官とマフィアを演じた映画」とは思い出せても、『インファナル・アフェア』というタイトルは思い出せないでしょう（原題は『無間道』。それの英語版タイトルを「邦訳」したらしい）。これでは、タイトルではなく、ただの商品番号に過ぎません。映画とタイトルが乖離してしまっているのです。それは、映画にとっても観客にとっても不幸なことだと思います。

では、どういうタイトルがいいタイトルなのでしょうか。

私が考えるに、タイトルを見て、まず観客がある程度自分で何かをイメージできるもの。なおかつ、分からないところがあって、本当はどんな内容なのだろうかと興味をそそられるものです。例えば、映画としても小説としても印象に残る素晴らしいタイトルに、トマス・ハリスの『羊たちの沈黙』があります。

とても知的で神秘的なタイトルです。どこか怪しく、怖い予感もします。キリスト教文化に馴染《なじ》みのある人ならば、宗教的な意味合いも感じとるかもしれません。闇の中にうずくまっている、羊の群れが浮かびます。そして、映画を観たあとでは、それがヒロイン・クラリスの子供の頃の体験を基にしたものだと知ります。改めて、映画のタイトルと内容がしっかりと観客の中で結びつき、タイトルが重層的な意味を持って、作品と一つになって観客の中に残るのです。

ここで、私は冒頭の武満徹の言葉を思い出すのです。八割はかっちりと説明し、残り二割は観客の想像によって完成する。これがタイトルに必要な要素だと思うのです。

タイトルは作品の象徴です。そして、作品の内容や、作品の運命までも決定してしまいます。さあ、思い浮かべてみてください。あなたの大切な作品の顔です。そのタイトルはあなたの作品を象徴していますか？　そのタイトルに、作品の全てを託せる強さがあるでしょうか？　そして、あなた自身がそのタイトルに魅力を感じるでしょうか？　これらの条件を満たしているのであれば、それはきっとよいタイトルなのです。

タイトルについて

名曲のタイトルを使う

赤川次郎

先日、クリスティーの「鏡は横にひび割れて」の映画化「クリスタル殺人事件」を見て来ました。

このエッセイは映画評ではないので内容については触れないことにしますが、それにしても「クリスタル殺人事件」とは何ともひどいタイトルをつけたものです。かの東宝東和とも思えぬセンスの無さ。〈霧のロンドンから……〉のコピーにしても、舞台は専《もっぱ》らセント・メアリ・ミードなのですから、いささか問題あり。商売は商売といっても、「看板に偽りあり」だけは困りものです。

もっとも、映画のことばかりは言っていられないので、本にも時々、帯の謳い文句を見て、中を読むと、帯をかけ違えたんじゃないか——とまではいわないものの、ちょっとピントのぼけた文章に出くわすこともないではない。

この帯というのは編集者が作るもので、作者はあまりタッチしないのが普通のようですが、こちらの意図したところや狙いを的確に文章にした帯だと、著者としても大変に気分のいいものです。逆に本格推理のつもりで書いていないのに、〈本格謎解き!〉なんて書かれると、それを信じて買った読者に申し訳ない、という気がする。

やはり宣伝はその内容を正直に伝えるものであってほしいと思います。

ところで、作品のタイトルはどうやって付けるのか、という質問を受けることがときどきあります。これは大変に難しい質問で――というのは別にもったいぶって隠すわけではなく、その場合ごとに事情が違っているからです。

欧米の作家の場合、聖書という、〈虎の巻〉があって(日本の作家でも使っていますが)一体どれぐらいの作品のタイトルがここから採られているか、誰か物好きな人が統計を取ってくれないかしら、と思うほど。

それにクリスティーの如く、マザー・グースの童謡を(「そして誰もいなくなった」のように)、作品の中でモチーフに据えることさえあるくらいです。マザー・グースも実によくミステリーのタイトルに登場します。童謡と犯罪という対照的な組合せが面白いのでしょう。

僕の場合、タイトルの付け方は様々ですが、書き始めの時点ですでにタイトルを決めていることの方が多いし、また決まっていないと後でつけるのに大変に骨が折れます。

「幽霊列車」が「幽霊船」から来ていることは前にも書きました。「三毛猫ホームズの推理」は、原稿の時点では「三毛猫ホームズの冒険」というタイトルで、これはもちろん「シャーロック・ホームズの冒険」から取ったものです。

「上役のいない月曜日」は、〈何か〉を象徴しているようでいいタイトルだと賞められましたが、当方としては話の中味をそのままタイトルにしただけで、賞められて面食らった記憶があります。

逆にタイトルを先に決めて、後からそれに合う話を考えることもある。雑誌連載や、長編の雑誌への一挙掲載が増えて来ると、そうなることが多いのです。

つまり前号に、〈予告〉というのを打って、タイトルぐらいは出しておかなくてはならない。しかし、この時点では大体原稿には取っかかっていないので、内容はともかく、タイトルぐらいは……というわけで、ミステリーらしいタイトルを考え、後でどんな話にしようかと考える。

「招かれた女」とか、「悪妻に捧げるレクイエム」などはそれに近い口であります。

相変らず、何かシリーズを、という原稿の依頼が多いのですが、これ以上キャラクターは増やしたくないし、といって依頼を断ってしまうわけにもいかず……。

というわけで、一応一編ずつ、独立した話であって、モチーフやムードで連作の形になっているものが、最近は多くなりました。

往年の名作映画に題材をとった、〈懐しの名画〉シリーズを始め、〈断地〉シリーズ、〈ミステリ博物館〉……。

僕はこういう連作を、「ゆるいシリーズ」と呼んでいます。シリーズだからといって、決まったパターンに縛られたくないので、〈ゆるい〉束縛の中で書いて行こう、というわけです。

この手の作品はタイトルにも一種の共通性を持たせる必要があるので、タイトルが先にできることが多い。

僕のノートには、プロットやトリックのメモに加えて、タイトルのメモというのがあります。いつかこのタイトルを使おうと書きためてあるので、内容の方はまるで白紙。

映画のタイトルはもう使っているので、今度は名曲のタイトルを使ってみたいと思っています。「三毛猫ホームズの追跡」にも、「殺人の午後への前奏曲」（牧神の午後への前奏曲）、「死期」（四季）といったもじりを使いましたが、その内にヨハン・シュトラウスのウィンナ・ワルツだけで連作をやりたいと思っています。「法廷円舞曲」（皇帝円舞曲）、「監獄のバラ」（南国のバラ）、「残念ポルカ」（アンネル・ポルカ）などというのはいかがでしょうか。

書く方も楽しまなくては、ね。

それにしても、今回のエッセイの〈タイトルについて〉というタイトルは実につまらないタイトルですね。

タイトルについて

テーマソングの一節を

浅田次郎

先日、本稿を読んだ若い女性編集者に、

「勇気凛凛《りんりん》ルリの色、って、どういう意味なのでしょうか」

と、訊かれた。

これを誰もが知っているフレーズだと信じ、しかも名タイトルだと自負していた私は、一瞬愕然とした。

「造語ですか、それともなにか古典からの引用とか」

ちがうちがう、と私はいささか取り乱した。

「ほんとに知らないの?」

「はい、ゼンゼン。『勇気凛凛ルリの色』意味不明だけど、語呂はいいですね。ハッハッハッハッ」

私の認識不足か彼女の認識不足かのどちらかということになるが、さてどっちだろう。ともあれ、ひとりの読者がわからんということは、何十万の読者がわからんのかもわからんのである。

そこで、周章狼狽した私はその後、誰かれかまわずこのタイトルの意味について訊ね回った。「勇気凛凛ルリの色、という言葉を知っていますか?」と。

かかりつけの医者にも聞いた。ソバ屋の出前持ちにも聞いた。親類にもアカの他人にも聞いた。全くアトランダムに百人に聞きました結果、意外な事実が判明したのである。

つまり、職業性別学歴経験その他いっさいに関係なく、満三十八歳以上はこのフレーズをちゃんと知っており、三十七歳以下はてんで知らんのであった。

ということは、神田正輝は知っているが松田聖子は知らず、落合は知っているがイチローは知らず、中島らもは知っているが吉本ばななは知らんのである。

当然、今この文章を読んでいる読者のほぼ半数は私と同様に知っているが、その他半数の読者には全く意味不明だという推測が成り立つ。

うかつであった。普遍的な名タイトルだと信じたのは、明らかに私の思いこみであった。

そこで、今さら変更するのも何なので、約半数の読者のために真実の意味を解説しなければなるまい。

「勇気凛凛ルリの色」とは、昭和三十年代半ばの超人気テレビドラマ、「少年探偵団」のテーマソングの一節なのである。

思い出すままに冒頭の歌詞を書く。

ぼ、ぼ、ぼくらは少年探偵団
勇気凛凛ルリの色
のぞみに燃える呼び声は
朝焼け空にこだまする……

書きながら思わず歌ってしまった。読者の半数も多分頭の中で口ずさんだことと思う。

ご存知の通りこれは江戸川乱歩の原作にかかるもので、小林少年ひきいる「少年探偵団」が怪人二十面相と対決する冒険ドラマであった。

この番組の人気は凄かった。翌日の学校では話題もちきり、うっかり見逃した子供は突然の腹痛を起こして登校拒否になるほどであった。

当時は塾通いの子など一人もおらず、学校から帰れば勝手に遊びに出ていくことになっていたので、原っぱに日が昏れれば全員そろってテレビジョンのある家に押しかけるのが日課であった。

やがて町内のあちこちに「少年探偵団」が結成され、子供たちに妙な人気のある酒屋の御用ききなんぞが「小林少年」にまつり上げられ、物好きなオヤジが「明智先生」を名乗ったりした。

怪しげな男と見ればひそかに尾行し、アパートをつきとめて張り込んだりする。さらわれ役の子供は、あちこちにチョークで印をつけて仲間を導く。団員にしかわからぬ合言葉や暗号を発明する――と、そんなところがお定まりのパターンであった。

そして、いもせぬ怪人二十面相を求めて町なかを行進するとき、少年たちはきまって「ぼ、ぼ、ぼくらは少年探偵団！　勇気凛凛ルリの色――」と、合唱したのである。

「月光仮面ごっこ」がガキ大将ひとりをヒーローとしていたのに比べ、参加者全員が正義の味方として連帯できるこの遊びは、誰にとっても魅力的であった。

それまでの遊びの主流は、伝統的な「チャンバラごっこ」や「戦争ごっこ」であったが、「少年探偵団ごっこ」はそれらを一気に駆逐した。その点では明らかに、来たるべきテレビ時代の予兆であり、エポック・メイキングであったといえよう。

ところで、私は今でもそうなのだけれど、当時もひどく偏屈で暗鬱な子供であった。

どのくらい偏屈で暗鬱だったかというと、たとえば日がな押入れの中にとじこもり、懐中電灯をともして本を読んだり、プラモデルを作ったりするタイプであった。

母は夕飯の時間になっても原っぱに呼びに行く必要はなく、「ごはんだよ」と押入れを開ければ良いのであった。

そんな私を評して祖父は、「こいつァさきざき坊主にするか、物書きにでもするしかあるめえ」と、たしかに言った。いかに肉親の炯眼とはいえ、今さらそらおそろしい予言であった（ちなみに、ナゼか僧侶に憧れた時期もある。ほぼパーフェクト予想と言えよう。）

愛読書はもちろん、乱歩であった。押入れにとじこもり、懐中電灯の光の輪の中で読むのが、乱歩の正しいよみ方なのである。

先日、ふと思いたって三十年ぶりにやってみたが、やっぱり面白かった。ぜひお勧めする。

さて、そのように日ごろは決して近所の子供らの遊びには加わらない私であったが、当然テレビドラマは欠かさず見ており、わが町の「少年探偵団」結成の噂には色めきたった。

で、ある日ついにいたたまれなくなって、歌いながら行進する彼らの最後尾にサッとくっつき、「勇気凜凜ルリの色ォ！」と、歌い始めた。

いじめ帰されるのは覚悟の上だったのだが、意外にアッサリと入団が許可され、団員のしるしである三ツ矢サイダーの王冠バッジを与えられた。

採用の理由は、当時まだ珍しかったテレビ受像器が、私の家にはあったからである。当然の結果として、翌日からわが家のお茶の間は十数名ものガキどもに占拠されるハメになった。祖父がたいそう歓迎したのは、孫の将来に光明を見出したからにちがいない。

だがしかし、私はそれからいくらも経たぬうちに退団してしまった。理由は至極もっともである。

私に割り当てられた役回りは、いつも団員ではなく、怪人二十面相なのであった。

このエピソードはずっと忘れていたが、考えてみれば私は長じてから、まこと怪人二十面相の如き人物になったわけで、ジジイも大したものだが、子供らはもっと大したものだとつくづく思う。以上のような事情により、「勇気凛凛ルリの色」は、テレビ草創期に少年時代を過ごしたわれらおじさんたちの、いわば忘れえぬテーマソングなのである。

若い方の中には、いったいどんなメロディなのかと興味を持たれるむきもあろう。ビデオの発明される以前であるから、「思い出の名場面集」などという番組にも、出てくることはない。テープもレコードも、もはやあるまい。

しかし聴こうと思えば簡単に聴けるのである。職場の上司でも、酒場のカウンターに隣り合わせたオヤジでもよい。およそ団塊世代とおぼしき男性に前述の歌詞を示して、「ちょっと読んでみてくれますか」と、言ってみよう。

彼は近ごろめっきり遠くなった目を活字に凝らして、読むのではなく、たぶん歌い出す。

「ぼ、ぼ、ぼくらは少年探偵団
勇気凛凛ルリの色――」と。

編者注　文中のタイトルは浅田氏が長年、「週刊現代」に連載していたエッセイの総タイトルで、次々に単行本になり、それが「文庫化」されている。

タイトルをめぐる迷想

気に入ったセリフをタイトルにする

倉橋由美子

山田風太郎氏の『人間臨終図巻』(上下)は古今東西の著名な人が死に臨んで残した言葉を集めたもので、私の座右の銘の書の一つです。読みたい本の中には、冬ごもりする動物のように用意万端整え、ある種の意気込みをもって読み始めなければならないもの、何もかも放り出して舌なめずりしながら読み始めるもの、暇さえあればなかば習慣的に手にとってページをめくらずにはいられないものと、三種類ほどあるようですが、『人間臨終図巻』は最後のタイプの本ということになります。今は健康上の理由からも、前の二つのタイプの本とお付き合いすることがむずかしくなり、もっぱら最後のタイプの本と日常お付き合いしているわけです。何しろ、人が死ぬ時に洩らした言葉ほど面白いものはありません。自分も遠からずその時を迎えることは間違いありませんから、なかなか参考にもなります。

これまでのところ、一番気に入っているのは、勝海舟の「コレデオシマイ」というせりふです。西郷隆盛は「もうこの辺でよかろう」と言って介錯してもらったそうですが、自殺したり殺されたり敗死したりした人の言葉はどうもいけません。参考にしたくもありません。尋常に畳の上で往生するとして、その時に言い放つせりふとしては、やはりこの「コレデオシマイ」にとどめを刺すと思われます。

今回十年ぶりのエッセイ集を出すについても、そのタイトルとして真っ先に浮かんだのがこれでした。前回の本に『最後から二番目の毒想』という変なタイトルをつけたことからしても、今回はいよいよ「コレデオシマイ」しかないと思ったのですが、残念ながら不採用となりました。たしかにこれは、短い戯文のタイトルならともかく、まじめに出版する本のタイトルとしてはあまりにも不謹慎です。それに、早まってこんな本を出してしまうと、何かの間違いで「さようなら」が延びてもう一冊、二冊本を出す羽目になった時に引っ込みがつきません。そこでいささか「良識」らしいものを発動し、このタイトルは諦めることにしました。

大体、本のタイトルほどつけるのにむずかしいものはありません。箸者は誰しも、今大売れに売れている「超××法」といったうまいタイトルをつけて少しでも売れることを願うものです。しかしそんなうまいタイトルは凡人の思いつくところにあらずで、さんざん愚考を重ねたあげくに、もうどうでもよくなり、いい加減につけてしまうことになるのです（ただし書き下ろしの小説の場合には最初から「意中のタイトル」が決っていることが多いのですが）。

さて今回の話ですが、「コレデオシマイ」が駄目なら、「転居のお知らせ」というのはどうだろうかと考えたものです。ここでも、「転居」とはこの世からあの世への転居を指します。生前に死亡通知の挨拶状を出しておこうというつもりです。その意味では人を食ったタイトルですが、あまりにも事務的で投げやりな感じを与えます。こんなタイトルの本を買う気になってくれる人がいるだろうかといわれると、それもそうだと認めざるをえません。

というわけで紆余曲折があって、タイトルは「夢幻の宴《えん》」というそれらしいものに決りました。何か優雅な宴のことが書かれているらしいなどと思われては困ります。自分の死後も続いていくだろうこの世の中のことを夢幻の宴と見立てただけのことです。その宴なり騒然たる喜劇なりを暗がりから見ている観客は死者ですが、この十年、病気を抱えて辛うじて生きていた私は、なかばあの世に身をおいて舞台を眺めてきた死者のようなものです。そのような観客席にまぎれこんでいる人間が注文を受けてやむなく舞台の感想を述べたり意見を洩らしたりしたものが、今回一冊の本にまとまったということになります。

とたんに次の最後の本のタイトルのことが頭に浮びました。誰かの狂歌に「この世をばどりゃおいとまにいたそうか線香の煙とともにはい左様なら」というのがあります。この「はいさようなら」も悪くありません。「コレデオシマイ」も「はいさようなら」も、この世を舞台と見て、死ぬことは舞台から退場することと見極めています。私もやがてやってくるものにこのエピクロス流の態度で臨みたいと思います。

題名のつけかた

二百以上のタイトルを書き並べる

野呂邦暢

ヘミングウェイは題のつけかたが旨い。『フランシス・マコゥマーの短い幸福な生涯』といい『清潔で明るい所』といい、読者としてなんとなく気をそそられる。

『キリマンジャロの雪』には、冒頭に前書きがある。頂で凍死した豹のエピソードである。「こんな高い所まで豹が何を求めてやって来たのか、だれも説明したものはいない」としごく荘重に語られるものだから、何はともあれ先を読みたくなる。死んだ豹と作中主人公とどう結びつくのか、解釈はいろいろあるだろう。思わせぶりな前書きだといえばいえないこともない。このくだりは有名らしく二十年前に映画化されたおりもタイトル・シーンにキリマンジャロの頂上が映り、私の記憶ちがいでなければそこで凍死した豹を見たと思う。映像になるといささか興醒めである。ハリーをG・ペックが、シンシアをE・ガードナーが、ヘレンをS・ヘイワードが演じていた。監督はヘンリー・キングだから、お世辞にも上出来とはいいかねる。原作では苦しんで死ぬことになっているハリーが、回復してアメリカへ帰るハッピーエンドにはびっくりした。ハリウッドのご都合主義もたいしたものだと妙に感心した。

それはさておきタイトルの話である。

A・E・ホッチナーはヘミングウェイと親しくまじわった当時の見聞を『パパ・ヘミングウェイ』に書いている。大学教授や批評家が描くヘミングウェイとは異なり、いわば生身の肉体をまのあたりに見る思いがしてなかなかに面白い本である。ジャーナリストらしい細かい観察眼をはたらかせてヘミングウェイの言動を物語るわけだが、晩年に至って心身ともにおとろえるのを自覚するヘミングウェイの悲痛な表情は印象に残る。

ホッチナーによると、ヘミングウェイは『武器よさらば』という題を決めるまでに二百以上のタイトルを紙の上に書きならべてどれがいちばんぴったりするか思案したという。おおざっぱにいって作家には題名に凝るタイプと凝らないタイプとがあるのではないだろうか。ヘミングウェイはいうまでもなく前者である。凝るか凝らないかという区別によって、その作家の特色なり文学的性向なりを推しはかることもあながち不可能ではないと思う。詩を通過した文体とそうでない文体があれば、凝るタイプは明らかに詩的傾向を多く含んでいると私は考える。ヘミングウェイの短篇群をひとつずつ見てゆくと、タイトルはそれぞれ詩のなかにはさみこんでもおかしくないイメージを暗示しているように感じられる。もちろんヘミングウェイは自分の小説から曖昧なべたべたとした「詩情」を意識的に追放しているし、追放することにこだわりもしたのだが、きわめて省略の多い洗練された散文というものは結果的に詩にひとしい効果を生じるものである。たとえば『老人と海』。そして彼の短篇の中で私がいちばん好きな『心が二つある大きな川』。

編者注　なお、野呂氏の小説集『愛についてのデッサン』は、丸山豊の同名詩集から許可を得て採ったというエピソードがある。

六脚の椅子と十七羽の色とり鳥

新井満

1

小説やエッセイのタイトルは、いつ決める、あるいはいつ決まるものなのだろう。

作家にも色々なタイプがあって、最終行を書き終えてからようやくタイトルを決める者、書きすすんでいるうちにじわじわとあぶり出しのようにタイトルが浮かんでくる者、タイトルが決まらない限りはただの一行すら書き出せない者……。

私はどうかといえば、どうやら最後のタイプらしくて気に入ったタイトルさえ決まってしまえばもうこっちのものというところがある。あとは書き出しの一語が天から降ってくるのを待っていればそれでよい。

タイトルが決まった上に装丁や装画のイメージも決まったとする。これはもう完成したも同然ではありませんかね、などと妙に安心してしまうところが私にはある。一行も書いてはいないというのにだ。

これまで四冊の小説集を出した。最初の『ヴェクサシオン』の装画はラウル・デュフィであった。二冊目『サンセット・ビーチ・ホテル』の装画はジョージア・オキーフであった。三冊目『尋ね人の時間』の装画はデイヴィッド・ホックニーであった。四冊目『海辺の生活』のときは、画家の司修さんにお願いしてオリジナルの油彩を描いていただいた。私の本がいささかでも売れたとするならば、それは装画装丁にめぐまれたおかげだな、と時々思うことがある。

「馬子にも衣装」

という言葉は、きっと私の単行本にも言えるのだろう。

2

タイトルのことでいつも感心するのは吉行淳之介さんのタイトルのつけ方で、思い出すままに少しあげてみようか。

『砂の上の植物群』

『星と月は天の穴』

『湿った空渇いた空』

『すでにそこにある黒』

みんな良い。『菓子祭』や『人工水晶体』なんてのもちょっと忘れられないタイトルで、『石膏色と赤』となるともう名人芸、『街角の煙草屋までの旅』に至ってはタイトルだけで既に十分ありがたいような気分になってくる。

本屋で『樹に千びきの毛蟲』を見た時は、あまりの恐怖に思わず「ギャッ！」と叫んでしまい、周囲の客たちからもっと恐い目でにらみつけられてしまった。今でもこのタイトルを思い出すたびに鳥肌が立つ。単行本の表紙を開けると無数の毛虫がゾロゾロ這い出てくるような気がして恐ろしい。

タイトルの良い作品は、作品自体も成功している場合が圧倒的に多いのではなかろうか。タイトルのつまらぬ作品は、最初から読む気も起こらない。どうせ中身の方もつまらぬに違いない、と思うからだ。

3

あれはいつのことであったか。百枚ほどの小説を書こうとしていて、なかなかタイトルが決まらないことがあった。頭の中にあれこれ思い浮かぶのだが、これぞというやつがどうしても出てこない。タイトルが決まらないからには、一行も書き出せないわけで、ダイニングルームのテーブルに頬杖をついてウンウンうなっていると、妻が心配そうな顔で話しかけてきた。

「どんなお話なんですか」

「つまりね、大学生の男女が、女の堕胎手術のあとで四谷の土手のベンチに腰かけて、何か果物のようなものを食べるんだよ……」

それがちょっとした拍子にとろとろっと転がり落ちて土まみれになってしまう。その果物の名前を小説のタイトルにしようと思っているのだが、どんな果物にすべきか目下のところ決めかねているのだ。

「そうねえ、果物ねえ……」

なため上の方を見上げながら思案していた妻が、やがて口を開き、

「林檎なんて、どうかしら」

「林檎ねえ……」

ちょっとありきたりではなかろうか。私は浮かぬ顔である。

「じゃあ、柿は……?」

「柿かあ……」

どちらかというと季節設定は春か夏にしようと思っているので、柿というわけにはいかない。梨も桃も無花果ももうひとつだし、バナナじゃおかしいし、第一ころころ転がすのは無理であろう。かといって西瓜じゃ大きすぎるし。

「あっ、いいの見つけた！」

「何」

「桜桃」

「うむ。なかなか美しいタイトルである」

「決まったあ」

しばらくしてから「待てよ」同じタイトルが太宰治の小説にもあったぞ。

「それじゃあ、檸檬！」

「ううむ、檸檬か、檸檬はいいかもしれない。第一転がりやすそうだし。よし檸檬にしよう」

だが、「待て待て」やっぱり同じタイトルが梶井基次郎の小説にもあったなあ。

二人ともテーブルに頬杖をつき、黙ったまま時が過ぎた。最後の最後に、

「これは、どうかしら」

そう呟きながら彼女は指先でテーブルの上に文字を書いた。

「クサカンムリに、ハハと書いて……」

なるほど。生命の断絶がテーマであるこの小説のタイトルには、もしかするとピッタリかもしれない。

そのようにして『苺』というタイトルは決まったのであった。この作品は、拙著『ヴェクサシオン』の中に収録されている。

小説の題

古山高麗雄

店の人に聞いてみる

私は立論の人でない、と私は自覚している。私は小説を書き始めて、まだ二年ぐらいにしかならないし、エッセイの類を書くようになってからは、まだ一年ぐらいにしかならない。だが、一年エッセイの類を書いただけで、自分には立論の才のないことがわかった。

だから私が、誰かと論争するというようなことは、起らないだろうと思っている。まちがったことを言ったり、まちがったことでなくても、場所柄をわきまえないことを言ったりして、誰かに罵倒されるようなことはあるかも知れない。しかし、そのために論議が長びくというようなことはないだろう。私に、反論の陣を張るような力はない。論戦ということになると、私は誰とやっても勝てるとは思えない。評論家の、あるいは作家のエッセイを読むたびに私は、よくまあ、こんなふうに頭が働き、こんなふうに言葉が立つものだと驚いてしまう。そしてもしこういう人たちから論難されることがあっても、受けて一戦を交えるようなことはすまいと自分に言い聞かせる。勝目のない喧嘩はしたくないと思う。

けれども私が驚くのは、たいていの場合はその語り口の巧みさであって、内容については、違うと思うこともあるし、ばかばかしいと思うこともある。そういうとき、問題によっては、一言そう言ってやりたい衝動に駆られる。またそういう場合には、発言の場があれば、やはり率直に自分の考えを述べなければならないのだと思う。そのとき、反論や罵倒は蒙るだろうが、それは仕方がないだろう。反論の反論をして、そのまた反論をぶって、などという才能が私になくても、もの書きになったからには、黙ってサッポロビールを飲んでばかりいてはいけないだろう。一方では、論戦を避けたところで、何かのときに筆誅を加えられることになるだろう、と覚悟している。

私事で、私がひとこと言い返したいと思ったのは、私の小説に悪ふざけがあると言われたことについてだった。とくに「プレオー8《ユイット》の夜明け」については、登場人物たちにとって、ふざけが感傷と等価に必要なものと設定して書いたつもりだったから、自分の筆力のなさを棚に上げて、なにか理不尽に、一刀両断の言い方をされたような気がした。たとえば、この作品には、エロチシズムが必要だと考えてエロチシズムを懸命に盛り込んだら、この作品にはエロチシズムがあるからいけない、と言うのと同じようなことではないか、と思った。

しかし、そのうちに、好ましくないものとして指摘されたのは、作品の要素としての〝ふざけ〟

ではなくて、私の性質だったのだと思えてきた。

ものを書く人間は、自分の性質を隠しようもない。小説の題のつけ方一つにしても、そこから嗜好や性癖を覗かれてしまう。

私はこれまでに、九つの短篇を書いたけれども、やたらに長ったらしい、そしてかなり派手な題をつける傾向があるようだ。「墓地で」「白い田圃」の二篇は、私の小説のなかではおとなしい題だ。ほかの小説は、「プレオー8《ユイット》の夜明け」「湯タンポにビールを入れて」「ボートのある団地」「サチ住むと人の言う」「トンキとビビアン・又は馬の恋」「三ちゃんも三ちゃんや」「ジョーカーをつけてワンペアー」——分量は、といえば、長いものでもやっと百枚ちょっとだというのに、題はいずれも長い。こういうところからも、私は私の嗜好や性癖を見られているに違いないし、それが人に好かれる嗜好や性癖だとは思えない。

最近、やっと二冊目の短篇集が本になって、この本の表題は「湯タンポにビールを入れて」としたが、こういう題は商売の上では損かも知れない。

そんなことは、最近まで考えてみたことがなかったが、先日、神保町でカレーライス屋をやっている友人を訪ねたおり、そうだ本を進呈しなくてはと途中で気がついて、そのカレーライス屋の近くの書店に寄ったが、私の本が見当たらない。そこで、店の人に訊いてみた。「湯タンポにビールを入れて、という本、ありませんか」

てれくさかった。自分の本を買うということもてれくさいのだろうが、題を、口にするのがてれくさい。うかつなことに私は、本屋に行って実際に口にしてみるまで、そのことに気がつかなかった。しかし、だからといって、他のどの作品の題をもって来ても、似たようなものである。「ボートのある団地」というのが、いちばん抵抗が少ないかも知れない。「三ちゃんも三ちゃんや」が、最も買いにくい題かも知れないと思った。

先日亡くなった高橋和巳さんの「悲の器」などは、スマートで言いやすい題だと思う。古井由吉さんの「杳子・妻隠」なども、感じのいい題だと思う。もっとも古井さんのは、サコ／ツマガクシなどと読まれかねないけれども。大庭みな子さんの「三匹の蟹」、清岡卓行さんの「アカシヤの大連」など、みな、いい題である。という本、だとか、っていうの、だとかいった言葉をつけずに、すんなり書名の言えるような題をつけたほうがいい。商売の上で損だなどと言うと、卑俗だと笑われそうだが、私の本を担当してくれたHさんは、内心は困っていたのではないだろうか。そういえば、寺山修司さんや野坂昭如さんなどは、っていうの、をつけたくなるような題をつける人かも知れない。「家出のすすめ」「書を捨てよ、町へ出よう」「エロ事師たち」

それとも、こんなことを考えるのは、私が旧い感覚の持主だからだろうか。若い人たちは、私のようなことはみじんも感じないかも知れないし、それに、まず作者名を言って、何の誰べえの何々はありますか、という言い方をすれば、題名の抵抗感はなくなるとも言える。

けれども、結局、私は私の甲羅に似せて穴を掘るしかないだろう。キザと言われようが軽薄と言われようが、それが私ならやむをえない。「オミアシがおきれいですこと」などといった言葉使いをする上品な婦人たちは、おそらく私の小説など買ってくれないだろうけれど、それは私の体質がしからしむるものと諦めなければならない。しかし私は、ひそかに次のような会話を作って楽しむのである。

「古山高麗雄の『三ちゃんも三ちゃんや』ってもうしますの、お読みあそばして？」

「まだ、ざあますの」

「お読みあそばし、傑作ざあますわよ」

すぐこういうことを考える私だから、〝悪ふざけ〟と言われても仕方がない。

「愉快」と「おいしい」の関係

他人に任せる

林望

いうまでもなく『イギリスはおいしい』というのが、私の第一エッセイ集であって、つまりは作家としての処女作である。この処女作が世に出たのは一九九一年の三月のことであった。それから半年あまりの後、第二作である『イギリスは愉快だ』が世に出た。

この並び方から見ると、まず『イギリスはおいしい』という書名が先にあって、『愉快だ』のほうは、それに倣って案じ出されたもののように見える。

しかし、じっさいは、そうではなかった。

いまここに、本書が文庫に収められるに当たって、この両書の関係と、そもそもの刊行の事情について、すこしばかりいらぬことを書き付けておきたいと思うのである。

そもそも、私が『イギリスはおいしい』を書こうと思い立ったのは、たぶん一九八九年あたりのことである。その年の秋、当時私が勤めていた東横女子短大という学校の栄養士会というところで、イギリスの食物事情につき帰朝者として講演してくれぬかという依頼を受けた。これを発案したのは、同大学の茂木美智子教授である。そこで、私はさっそくどんな話ができるかという「メニュー」を（それは文字どおりメニューの形に）書いて、茂木教授に託した。

ところが、結論からいうと、学内の教員に講演料を払う前例がない、というような妙な理由で、この講演の話は立ち消えになってしまい、あとに、その「メニュー」だけが残った。このメニューは、いかにも「おいしそう」に食欲をそそる形で書いてあったので、これをそのまま捨ててしまうのは、もったいないから、と茂木さんに勧められ、私はそのメニューに従って、いくつかの短いチャプターを試みに書いてみたのだった。それらは、かねてから私に目をかけて下さっていた慶應義塾の大先輩平田萬里遠さんのお力添えによって、何社かの編集者に紹介して頂いたが、つまりご縁がなかったのであろう、べつに日の目を見ることもなくそれなりになっていた。

ところが、これが平凡社ＯＢの鈴木晋一さんのお目にとまり、同社の編集者山口稔喜さんに引き合わせて頂くことになった。

山口さんは、さっそく東横短大の私の研究室まで来られ、

「おもしろいから、本にしましょう、平凡社で」

と言って下さった。

すべては、ここから始まったのである。

ところが、当時の私は、何の実績もなく、社会的には全く無名の存在に過ぎなかった。しかも、イギリス料理はまずいという定評が行き渡っていて、それについて書いた本などは売れる見通しがたたなかった。山口さんの意志は固かったけれど、いかんせん平凡社社内の同意がなかなか得られなかったらしい（それは当然のことである）。

山口さんは、同社内の世論形成のために、『月刊百科』という雑誌に、このメニューの内容を連載の形で書いてはみぬかと勧めて下さった。かくて、私は「食卓の上の大英帝国」という題名のもとに、「塩はふるふる野菜は茹でる」「料理人としてのハワード・ファーガソン」「形式張って食べるという趣味」の三章を書いて、同誌に発表したのだった。後にこれは『おいしい』の一部となったが、さて、ここからが不思議なところである。

この第三回が『月刊百科』に掲載されたとき、たまたま、丸谷才一さんがなにかの拍子にこれを読まれたらしい。当時、丸谷さんは『ジャパン・アヴェニュー』という創刊されたばかりの隔月誌の最高編集顧問をしておられたが、『月刊百科』所載の小文を読まれてすぐに連絡を下さった。そうして、自分が顧問をしている『ジャパン・アヴェニュー』にぜひ新しい連載を書くように勧められた。私は、勇躍この新しい連載にとりかかった。そしてその第一回が、同誌第二号に掲載された「一人の男と彼の犬」という話である。当初、とりあえず三回ほど書いてみてはどうかという話だったので、私はすこし考えて『イギリスは愉快だ』という連載タイトルを付けることにした。それが、一九九〇年四月のことである。

この連載は、ありがたいことに、好評をもって迎えられ、三回だけでなく、長期の連載に変更されることとなった。

いっぽう、山口さんの世論形成作戦は、まんまと図に当たって、平凡社での単行本書き下ろし出版の話も、どうやら軌道に乗り始めた。

私は、一九九〇年の夏休みに、独り信州の山荘に隠遁して、せっせとこの単行本の執筆に励んだ。そして完成したのが、後の『イギリスはおいしい』の草稿である。

ところが、さて、この本の題名をどうするかということが、大問題だった。『月刊百科』の連載タイトル「食卓の上の大英帝国」では、お料理本のように見えて営業的に弱いという意見が出、なにか新しい書名を付けることになったのだが、さて、なんとしても名案が浮かばない。ああもあろうか、こうもあろうかと、散々無い知恵を絞って、それでもなかなか良い案を得なかった。そのまま、その年も暮れ、ゲラが上がり、校正も済み、いよいよ日限が迫ってくる。

年が明けて一九九一年になった。『イギリスは愉快だ』の連載は、着々と回を重ね、徐々に一定の読者を獲得しつつあった。

正月早々、山口さんと会った。

その時、山口さんの懐に、一つの案があった。

「ジャパン・アヴェニューの『イギリスは愉快だ』も単行本にするでしょ。その時の統一性も考慮して、どうです、いっそ端的に、単刀直入に『イギリスはおいしい』としちゃぁ」

それだ！　と思った。イギリスはまずい、という世評に対する批評性もあり、だいいち、平明で覚えやすい、「おいしい」には、「おいしい仕事」などと使うような別の含意もあるだろう。

かくて、第一作品が『イギリスはおいしい』、第二作品が『イギリスは愉快だ』ということになったのである。しかし、こういう題名の発想そのものは、『愉快だ』が先で、むしろ『おいしい』はそれに追随したというのが正確な経緯なのである。

『イギリスはおいしい』はそれ自体、本質的に書き下ろし作品であって、しかも私にとっての処女作、なおかつそれによって第三十九回日本エッセイスト・クラブ賞を受け、ベストセラーともなった愛着ある作品であるが、なお、いくらか書くことに不慣れな点もあり、全体の姿の整わないところもないではない。

それゆえ、もしも、虚心におのれの最も気に入っている作品を選べと言われたならば、イギリス関係のエッセイの中では、私は迷わずこの『イギリスは愉快だ』を上げるであろう。それだけ、思いを込めて一章一章丹念に書き、推敲に推敲を重ねてできた作品だからである。

それが今度、幸いに文庫本という形となった。つまりは、もっと多くの、とくに若い人たちに読んでいただきやすくなった。このことによって、より多くの人に、私のイギリスに対する思いを感じ取っていただければ、著者として望外のさいわいと言うべきである。

小説の題名

吉村昭

小説の題名は小説の貌《かお》なので、きわめて重要である。いとも簡単にすらりときまることがあるが、それは稀《まれ》で、ああでもないこうでもないと大いに苦しむ。

小説に最も適した題名は、一つしかない。苦心の末、それを探りあてる幸運にめぐまれることもあるが、どうしても思いつかず、こんなところかと妥協してしまう場合もある。

アメリカのポーツマスで催された日露戦争の講和会議に、全権として赴いた外相小村寿太郎を主人公にした長編小説を書いたことがあるが、この題名がどうしても思いつかない。担当の編集者Kさんを小料理屋に呼び出し、助けを求めた。酒が入ると、いい題を思いつくことが多いのである。

小村が講和会議に日本を出発する時、馬車の進む沿道には、激励のための国旗がつらなった。が、条約の結果は国民の期待に反したものとされ、かれが帰国した時には、旗は全くみられなかった。

それで私は、題名に「旗」という文字をどうしても入れたいと思っていた。

それをKさんに話すと、しばらく酒を飲んでいたかれが、

「ポーツマスの旗、としたらどうでしょうか」

と、つぶやくように言った。

私は、かれの顔を食い入るように見つめた。ただ一つあるその小説にふさわしい題名に、Kさんの助力で出会うことができたのである。

「高熱隧道《ずいどう》」という小説を書いたことから、そのトンネル工事を請負った建設会社のS社長と対談したことがある。

対談が終って、Sさんが自ら書いた随筆集を私に渡した。繰ってみると、建設関係のことが手なれた文章でつづられている。

随筆集の題名は、「未完」。

「内容はいいのですが、なぜこんな題をつけたのですか」

「未完」である随筆集では、だれも読む意欲が湧かない。トンネルでも、未完、つまり貫通していないトンネルを発注者が引取りますか。未完はいけません。断じていけません。

そんなことを話しはじめると、Sさんは、眼に涙をにじませて笑いつづけ、ハンカチを出してしきりに涙をぬぐう。

秘書の方が、

「社長がこれほど笑うのを見たことはありません」

と言って、かれも笑いつづけた。

こんなことを私が言ったのも、小説の題名をつけるのに苦心しているからである。

題名と言えば、絵についている題名は不思議だ。

個展に行くと、よく限にする題名が、「静物」。「静物（A）」と「静物（B）」などと記されていることもある。

それに多いのが「無題」。絵は、本来題をつけるべきものではないのかも知れない。が、「無題」という題名の絵の前に立つと、思いあぐねてそのような題名をつけざるを得なかった画家の顔が、眼の前に浮ぶ。

題をつける

北村太郎

近ごろの洋画の題名は、原題をそのままカタカナ書きしたのがじつに多い。ついこのあいだの金曜日の新聞を広げてみると、「フェア・ゲーム」「メイド・イン・ヘブン」「ハート・オブ・ミッドナイト」「トーク・レディオ」「レインマン」等々、なんと十三本の洋画の広告のうち、九本までが原題のカタカナ表記であった。映画産業の斜陽化がいわれて久しいが、洋画界の当事者は美しい日本語訳の題名で客を呼ぶという努力すら怠っているのだろうか。それとも、カタカナ書きのほうが時代の風潮に合っていて、営業成績も上がるのだろうか。カタカナで表記してあっても、おおよその意味がとれればいいが、なんのことやらさっぱりわからないのもずいぶんある。ひょっとしたら、その〈わからなさ〉こそ魅力なのであり、かえって人目をひくのだ、という考えがあってのことか。実情は知らぬが、異様というほかない。

数年前、「ワンス・アポン・ア・タイム・イン・アメリカ」なるタイトルの映画があって、たいていのカタカナ表記の題名には驚かなくなっていたわたくしも、これには開いた口がふさがらなかった。英語を習いたての中学生だって、このタイトルの英文をこんなふうに発音しはしない。「ワンス・アポンナ・タイム・イナメリカ」というように読むに決まっている。たしかにこう表記すると、たとえば「イナメリカ」なんていう個所がいやな感じで、見た目に不愉快でもあろう。それなら一語一語を切り離してカタカナに変えただけのタイトルのほうがまだましかといえば、まったくそうではない。なぜなら、「ワンス・アポン・ア・タイム・イン・アメリカ」なんて言い方は、この世のどこにも存在しないお化けことばの表記なのだから。ようするに興行関係者は、原題に即した訳名、あるいは別の発想によるタイトル、どちらでもよいが、きちんとした日本語にすべきだったのだ。

カタカナ表記だろうが漢字かなまじり表記だろうが、芸術作品に題をつけるのはむずかしい。洋画のタイトルにえらそうに文句をつけたが、じつをいうとわたくし自身、自分の詩に題をつけるのにいつも難渋している。十五年ばかり前、二部構成の詩を作ったが、これに「十六行と六十行」という題をつけた。むろん一部、二部がそれぞれ十六行、六十行だったからで、われながらぶっきらぼうな命名だった。

これは極端な例だが、一事が万事、タイトルのつけ方がへたくそで、それはなにも詩の場合に限らないのである。わたくしは主として、ミステリ小説の翻訳で生計を立てているのだが、原題の直訳ではさまにならなくて、まったく別の日本語タイトルを考えなければならない場合がしばしばある。たいていは編集者と相談して決めるのだが、こんなときでもこちらから出した案は、まず採られたためしがない。最近、イギリス製ミステリの拙訳を某文庫から出したが、夫婦が互いに殺しあいを企てるというユーモラスなこの小説の題を決める際もそうだった。わたくしはさんざん考えたあげく、『おれはおまえを、わたしはあんたを殺したい』ってえのはどうです、と提案したのだが、そんな長いの、聞いたことありませんよ、と即座に没になり、編集者の考えた簡潔な五文字のタイトルに決められてしまった。

きりっと締まったすてきな詩の題をと、脳みそをいくらしぼってみても、いい知恵が浮かばない。そんなとき、いっそのこと「無題」でいくか、と思ったりする。絵ではたまに「無題」という題が見られるが、詩ではごく少ない。大正十四年（一九二五年）に二十四歳で死んだ異才詩人・富永太郎は、生涯に三十七しか作品を残していないが、そのうち四つは「無題」となっていて、これが目立つ程度だ。

しかし、いくらなんでも「無題」では芸がなさすぎる。それなら制作順に番号をつけるか、と思ったことがある。音楽では、たとえばモーツァルトのK（ケッヘル）番号が有名で、むろん、これは死後にナンバーがふられたのだが、作品を数字で表わした例はいくらでもある。その手を使おうかと考えているうちに、若い詩人、朝吹亮二さんに先を越された。彼が一昨年出した詩集は『opus』と命名されていて、これは「作品」という意味であり、百の詩が番号順に収められていた。

あまり題のつけ方がへたくそなものだから、すっかり居直ってしまって、タイトルなんか、もうどうでもいいや、とやけくそになっていた六年ばかり前のころ、陳舜臣さんがある新聞に書いた文章が目にとまった。漢詩には元来、題なんかなかったはずだ、との趣旨で、そこには「漢詩の題であまり奇抜なものはない。卓越した着想があれば、それは詩のなかで表現すべきである、という考え方であるらしい。題がことごとしくては、かえってめざわりなのだ」とあった。この文章を読んだときにはすっかりうれしくなってしまい、さすがに詩の本場の人はいいことをいうと、手を打たんばかりに興奮したのを覚えている。考えてみれば、わが国の短歌や俳句にだっていちいち題なんかつけないのが普通である。それらより少々長いからといって、詩にタイトルを付す必要なんぞ、初めからないのかもしれない。せいぜい個々の作品をまとめて一冊の詩集にするときにだけ、全体をひとことで象徴するタイトルを考えればいいではないかと、いまのわたくしは思っている。

「小説家や画家は、自分の作品に題をつけるときにだけ、詩人になる」というような意味のことをいった文学者がいる（ポール・ヴァレリーだったような気がするが、はっきり覚えていない）。これは、無名の物事や現象の本質を短いことばで一挙に表現するのが詩人の仕事である、という考えを前提にしている。そうなると、題をつけるのがへたなわたくしなぞは、そもそも詩人ではないということになってしまい、ひたすら恥じ入るばかりだ。それはともかくとして、さっきの言い方をまねて、次のようにいえないだろうか――「人は、自分の子どもに名前をつけるときにだけ、詩人になる」。生まれたての赤ん坊は無名のもの、未知のものとして、目の前に存在する。赤ん坊に、こうあってほしいとの願いをこめて、ふさわしい名前をあれこれと考える親の心の動きは、たしかに詩人が詩に題をつけるときのそれにそっくりではないか。人はすべて詩人の素質を持っている、とだれかがいっているが、真理かもしれない。

小説の題名

円地文子

この一両年、脳軟化症の老人のことを「恍惚」とか、「恍惚になった」とかいうのが通り言葉になっている。先刻御承知のようにこの言葉は有吉佐和子さんの小説『恍惚の人』の題名から出ている。『恍惚の人』が戦後第一のベストセラーになって、日本中に読者層がひろがって行く間に、作者が脳軟化症の老人の瞳の色を形容した恍惚という言葉がいつの間にか、形容詞から名詞に変化し、慣用語になってしまった。

有吉さんも対談か何かで、恍惚の語源について、何やら難しい漢文を引いていられたように思うが、「恍惚」、「恍然」などの魅せられた状態の形容詞……殊に恍惚という言葉は私の好きな言葉のひとつで、小説の中などでも、めったに使わず、大切にしまってある。それだけに、近頃、恍惚が耄碌の同義語として使われるようになって、知り合いの人との話にも相手が、

「あそこのお母さん、恍惚になっちゃって困ってるんですって」などと、あっさり言うのに釣り込まれて、こっちも、
「ああそう、恍惚にね、そりゃお困りだわね」
と、うっかり口にしてしまう。あとでは折角大切にしている品物を汚したような後味が残った。しかし、それも束の間でたくさんの人が共通に使っている言葉というものは、たしかに便利であるというだけでなく、脳軟化症とも耄碌とも違う一種の現代感覚が含まれている。それはちょっと、日本語の間に英語が挿まっている感じとも似ていて、はじめは厭だなと思って使っていた私自身、今では何でもなく、口にするように変わってしまった。

これは恍惚という漢語系の形容詞に私の持ったような特種の愛着を感じない人にとっては、いっそう何の抵抗もないことだったに違いない。私の中では、通常語として使う恍惚は、私の手持ちの言葉の恍惚ではなくて「コオコツ」という別のかた仮名に置き換えられているようである。

そんなことから、ふと考えてみると、小説の題名が、一般化して使われる例も思いのほか、少なくないように思う。今、ちょっと記憶に浮かんで来ただけでも、太宰治の『斜陽』などが敗戦後の社会の激変のなかで没落して行く貴族階級の代名詞として象徴的に使ったものが、いつか一般化して、「斜陽族」などという新造語まで出来、三十年近い月日の経過した現在では、この言葉は一時の流行語ではなく、日本語のなかに定着した感じである。

獅子文六も戦後、アメリカ進駐軍の入りこんで、混乱した日本の社会を諷刺的に捕えていくつもの面白い作品を残しているが、あの当時、一世を風靡した『自由学校』の中には、当時のあやしげな英語と日本語の交り合った感覚を、鋭く捕えて「飛んでもハップン」「ネバ・ハップン」などの種類の言葉が、実にいきいきと盛り込まれている。同じ作者による『てんやわんや』などという題名も、もともとあった言葉ではあるが、あの時代の感覚にぴったりしている点で、別の言葉が生まれて来たような気がした。

「コオコツ」は、恐らく、斜陽の場合のようには、常用語として定着せず、いつの間にかほかの言葉に置き換えられるのではないかと思うが、テレビのコマーシャルや漫画用語が、若い層に一番多く使われているだろうと思われる現在で、『恍惚の人』の一般に与えた影響は特筆してよいであろう。

作品の顔

山田稔

題と内容のすきまを作らない

文学作品にはすべて題がある。題は台、つまり作品の土台をなすものであるから、しっかりしていなければならない。長篇小説にはその分量、テーマの大きさを支える題が必要だ。一方、短篇小説向き、あるいは随筆向きの題というのがある。

作品の題は内容の大切な一部である。したがって、いったん題をつけて作品を書き上げて、その後で取り換えたりすると、題と内容との間に微妙なすきまが生じる。よく題がなかなか決まらないという声を聞くが、それは作品のテーマがしっかりと把握できていないからではないか。

題は台だけでなく、作品の顔でもある。人間同様、「顔」にはこころがあらわれるはずだ。たとえば内容の品のよしあしは題からも察せられるだろう。

女性の顔同様に、厚化粧や妙ちくりんなメイクのほどこされていない題が私は好きだ。読者に媚びたような題が最近は多い。

と、まあ以上のようなことを以前から考えてきたし、いまも考えている。さらには、題を見ただけで作品のよしあしが大体わかる、とも。

最近はどの文芸誌も「新人賞」の公募をおこなっている。そして前景気をあおるかのように選考経過を公表し、第何次選考通過作品と称し、題名と作者名を雑誌にのせる。その作品名に目を通しながらたわむれに、これは落ちそうだなと見当をつけたりする。

しばらく前からの傾向として、片仮名の題がふえた。「マイディア・オールドレディ」「ダッチ・ワイフ」「ボトルキープしますか」等々。これが文学作品の題かと呆れながら、落選確実と予想を立てる。

ある時期まで大体当たっていたようだ。ところが最近ではそうではなくなった。かえりみれば、その最初の例としてすぐ思いうかぶのが田中康夫の『なんとなく、クリスタル』（一九八〇）だ。最初、予選通過作品のなかにこの題を見つけたとき、なんだ、こりゃと失笑を禁じえなかったものだが、予想に反し「文芸賞」をとった。このころからはっきりと「純文学」の質が変わったように思う。

だが今年上半期の直木賞作品、芦原すなおの『青春デンデケデケデケ』にくらべたら「なんとなく、クリスタル」などまだおとなしい方であった。「青春デンデケ……」がやはり「文芸賞」の予選に残っているのを目にしたときも、ついにここまできたかと呆れたが、これもみごと受賞、おまけに直木賞である。こらもうアカンわ、とあきらめた。

こんな「顔」を見ただけで、私のような古風な人間は逃げ出す。だが、今日の若い読者は「おもろそうやな」と好奇心をそそられ、中身をのぞいてみたくなるのだろう。

今後、小説の題はすべからく「デンデケ調」でいくべし、ということか。だがかりにそうだとしても、時流にのり若造りして「老年スウスカスカスカ」なんて題の小説を書くつもりは、いまのところない。

小説の題名

内容に密接に結び付けない

阿刀田高

小説の題名をつける仕事は、思いのほか苦労の多いものである。

他人様《ひとさま》はどのように思案しているのか、くわしい事情はわからないけれど、伝記小説、歴史小説のたぐいは、比較的楽なような気がする。〝宮本武蔵〟〝佐々木小次郎〟〝榎本武揚〟〝マリー・アントワネット〟〝項羽と劉邦〟などなど、まことに単純明快であり、さほどご苦心があったとは思えない。

同じ伝記小説でも城山三郎さんの〝落日燃ゆ〟、角田房子さんの〝一死、大罪を謝す〟あるいは塩野七生さんの〝チェザーレ・ボルジアあるいは優雅なる冷酷〟などとなると、

――ああ、やっぱりストレートな題名じゃおもしろくないと思ったんだな――

と想像し、それぞれの作者が思案している様子がわがことのように脳裏に浮かんで来る。

小説を書く前に、まず題名がパッと浮かび、それを手がかりにしてイマジネーションを広げるという手法もあるらしい。つまり〝初めに題名ありき〟というわけだ。水上勉さんの名作、〝飢餓海峡〟は、そうした例の一つだと聞いたことがある。この場合は、当然のことながら、題名と内容とはほどよく一致しているだろうし、書き終わったあとであれこれ思い悩む必要もあるまい。

しかし、私自身の場合は、こうしたケースは皆無に近い。まず作品を書きあげ、それから題名、この順序が一般である。

小説を書き出して間もない頃には、脱稿したとたんに精力を使い果たしたような心境になってしまい、もう題名を熱心に考える気力がなかった。さほどの思慮もないままに適当な題名をつけることが多かった。

親しい編集者から、

「とにかく題名は大切です。短篇一つ書きあげる労力を十とすれば、題名のために三くらい使っても惜しくない。それくらい題名のよしあしは決定的です」

と教えられ、それからは題名にもずいぶんと気を遣うようになった。

この編集者の言は正しい。

自分が読者になって考えてみればすぐにわかることだ。やはりなにかしらおもしろそうな題名の作品をまず読む。読まれなければ、名作も駄作もありゃしない。どんな題名をつけるかは作者の技量の一つであり、名作であれば一層のこと〝画竜点睛を欠く〟の愚をおかしてはなるまい。

ごく一般的に言うならば、作品の内容を巧みに抽象化したり、概略化したり、比喩化したりして、しかもそれ自体美しい、含みのある表現であるものが望ましいのだろうが、ミステリー小説の場合はそれほど単純ではない。

つまり、作品の内容とあまりにも密接に結びついているものは、読者に結末を教えることにもなりかねない。これではミステリーの醍醐味は大きくそこなわれてしまう。

つい最近、式貴士《しきたかし》さんの〝カンタン刑〟という短篇を読んだのだが、私は〝カンタン〟と記されているのを見て〝邯鄲之夢《かんたんのゆめ》〟という故事を連想するのに、そう多くの時間がかからなかった。

立身出世を願って都に登る男が旅の途中で昼寝をし、栄華の夢を見る。起きてみれば、かまどの枯草が燃え尽きるまでの、ほんのひとときのこと。富貴栄達のむなしさを伝える、あの有名な話である。〝カンタン刑〟の〝カンタン〟は、私の予想通りこれにちなんだものであり、小説の読者は故事にうとい若年層ばかりではないのだから〝ネタ割れにならなければいいが〟と思わないでもなかった。

逆に〝みごとだな〟と思った例の一つとしては、リチャード・マディスンの名作“Sorry, right number”がある。この題名は短篇集にまとめるときに、どういう理由からかわからないが“Long distance call”と改題された。日本語訳でもこちらの題名を採って〝長距離電話〟と訳されている場合が多いのだが、どう考えてみても初めの題名のほうがすばらしい。

ご存知の通り英語では、間違い電話をかけたときには〝Sorry, wrong number〟と言ってあやまるのが、決まり文句である。

マディスンの作品は、その〝wrong〟の部分が〝right〟になっているところが、まずおもしろい。正しい番号ならば、あやまる必要もあるまいに、と思うのだが、作品を読んでみればわかるように、正しい番号であればこそかえって〝Sorry〟と言ってあやまらなければいけない事情がある。だが、このへんのニュアンスを日本語に訳出するのはむつかしい。日本語としては〝長距離電話〟くらいが適当なのかもしれない。

私自身の作品では〝恋は思案の外《ほか》〟が気に入っている。事件の発端も理性では御しきれない恋の不始末から始まっているし、結末もまた〝思案の外〟の恋で終わっている。作品を読み終わったあとで、もう一度題名の寓意性に気がつき〝なるほど、うまくやられたな〟と唸っていただく趣向になっている。

以上のようなエッセイを書いたのは、ほかでもない。目下作品を一つ書きあげ、その命名に四苦八苦している最中なのである。

私はタイトル（だけ）作家

一度見たら永遠に忘れないタイトルを

山本夏彦

本誌連載の「笑わぬでもなし」は今回で三四三回になる。月刊文藝春秋の「愚図の大いそがし」は一三九回になる。三四三回といっても勘定ができない。指折り数えると二十八年七ヵ月になる。この二つのタイトルを私は気にいっている。笑いに上、中、下があって私は上を志しているが、いくら志しても達することはできない。せめて笑わぬでもなしという程度でよしとする。私は稀代の愚図である。この世に望みを断った私に、そもそも用なんかありはしないが、それでも用に似たものはある。忘れるといけないから手帳につけておく。つけておいたことを忘れて、同じ日の同じ時刻に別人と約束をする。虫のしらせで気がついて詫びて一人を断っても、立腹されたことはない。どうせ「ダメの人」に会いにくるのである。用件なんかあるはずがない。

阿川佐和子さんの「この人に会いたい」という対談に招かれたことがある。「初めまして」と挨拶よろしくあって「実は私はタイトル(だけ)作家です」と言ったことがある。

私はタイトルをつけるのが嫌いではない。恰好なタイトルが口をついて出れば文はなかば成ったも同然だという気持がある。私がいま書いている写真コラムは初め二枚、のちに三枚である。十枚の内容あるものを二枚にちぢめるのは骨である。なぜそんな無理をするかというといっぽうでひと言で言え、ひと言でと叱咤する声がある。公衆電話の一通話は三分だったぞ。それが用なら三分で言えない用はないというのは実は私なのである。「機械アレバ必ズ機事アリ」「春秋ニ義戦ナシ」。

私の大好きな金言である。ただ私は笑いがほしい。「もと美人は残念に思っている」というタイトルはもと美人の前では言いにくいが、こんなことで怒るようなもと美人なら私のところには来ない。「あんなにちやほやされたのに」もこれに近いタイトルである。

顔だちがよくて美人だった婦人は、昔はさぞかしと思ってくれるからいいが、ホルモンだけでちやほやされた美人は、水もしたたるといってあれは多く水分だから、それが去るとあとかたもない。さぞ残念だろう、あきらめきれない婦人はいつも若い時の写真を秘蔵していて、客に見せようとする。男は残忍なもので帰って友に吹聴してあざ笑う。

その写真を手にとって昔の面影をさがしだして、ようやくさがし当ててさぞかしと言ってやるのが男の中の男だと私は何度か書いたが、それをする男がいないのは遺憾である。

けれども気をつけなければならない。バタつきパンの裏とあだ名をつけた老嬢がいた。色は白いが顔中に小さな穴があいていたから心ないあだ名をつけたのである。気の毒に思って話を交わしたのがいけなかった。嘘かまことか彼女は私が彼女に言い寄ったと言ったと仄聞した。神は醜婦に自惚《うぬぼ》れという宝を与え給うと私は一つ学問した。とはいうものの醜婦が醜婦であることを自覚して、常に落ちこんでいたら見てはいられない。だから神は己惚《おのぼ》れをさずけ給うたのだ。

私は筆でサインすることを極力避ける。私はすでに毛筆の時代に育ってない。それなのに稀に色紙に何か書けと強いる人がある。やむなく「美しければすべてよし」と書く。雅印を押すと何とかごまかせるが、いくら断っても許されない時は中《ちゆう》ッ腹《はら》になって「とかくこの世はダメとムダ」と書く。いずれも私の本に用いたタイトルである。

「帰りなんいざ木の家へ」「家はあれども家なき子」「おじゃま虫」「文はウソなり」「世はいかさま」という題が生まれれば続いて「世は〆切」ができる。

漱石の身長は五尺二寸鷗外も小男だったらしいと書いて、鷗外の熱心な研究家に聞いてくれと担当者に頼んだが、誰も答えなかった。鷗外の娘二人がまだ健在だったころである。娘二人が知らないはずがないのに言わない気持が分って「いかにも」と思った。

私はタイトルだけ作家だと言いながら、いくらでもある例をあげないで手近な本の題ばかりあげたのは不精である、怠慢である。週刊新潮の「夏彦の写真コラム」は千百回を越えている。毎週の〆切を切抜け切抜けしているうちにいつか一年、十年、二十年を越えたのである。初めから二十年を志してなんかいない。だから「世は〆切」なのである。〆切がなければ私は何もしない。たぶん人はすべてそうだろう。

私はタイトル(だけ)作家といったのはむろん戯れである。タイトルに種々ある。売れるタイトル、いいタイトルだが売れそうもないタイトル、売れそうもないのに売れるタイトル。「ゾウの時間ネズミの時間」これは売れそうで果して売れた、「何用あって月世界へ」。いい題ではあるが売行には関係ない。「マディソン郡の橋」誰も売れるとは思わなかったのに売れた。

私は大江健三郎はタイトルをつけることの名人だと思っている。「見るまえに跳べ」「芽むしり仔撃ち」「万延元年のフットボール」。いずれも一度見たら永遠に忘れない題である。彼はタイトルをつける天才である。タイトル作家なんぞ足もとにも及ばない。

今回はこんなことを言いたかったのではない。漱石は子供と活動写真を見て、あの人いい人?悪い人? と聞くので閉口したそうである。レッテルを貼ってもらいたいのである。漱石の子のまねして私もレッテルを貼りたい。

南京大虐殺が「あった派」と「なかった派」、従軍慰安婦の強制連行が「あった派」と「なかった派」、両派は互に証拠をあげて争っているが、いくら証拠をあげても相手を降参させることはできない。写真はすべて「ニセ」であり「やらせ」である。「論より証拠」というが証拠より論なのである。いつはつべしとも思われない論なのである。いいかげんにせよと言ってもやめないでまだやっている。

これをやめさせるには暴力しかない。有無をいわせず勝ったほうが押しつけるよりほかないのである。むろん東京裁判はおしつけである。茶番であり偽善である。そして今後とも人は裁判を欲するのである。偽善を欲するのである。

背表紙たちの秘密

耳もとでささやくようにつける

小川洋子

本というものは、中身を読まなくてもただ題名をながめているだけで楽しいから不思議だ。だからこそ本屋さんを見つけると、素通りできずについ立ち寄って、書棚の間をいつまでもさ迷ってしまう。そのうち、とある題名と視線が合い、一瞬星がきらめくように恋に落ち、中身をよく調べもしないままその一冊を抱えてレジに向かう事態となる。

しかし、本に関する限り私の一目ぼれセンサーは優秀で、ほとんど失敗がない。例えばオリバー・サックスの『妻を帽子とまちがえた男』、アヴィグドル・ダガン『宮廷の道化師たち』、ジャージ・コジンスキー『庭師　ただそこにいるだけの人』、平出隆『ウィリアム・ブレイクのバット』等など。どれも生涯大事にすべき本となった。

もちろん内容は素晴らしいのに題名がぱっとしない場合もないではないが、名作として長く読み継がれている本は、題名自身にも磨きがかかり、いっそうの輝きを増している場合が多い。何年もかけて人々が繰り返しその題名を口にしているうち、いつしかありふれた単語に特別な光が与えられるようになる。

谷崎潤一郎は連載小説が始まる時、どんな気持でそれを『細雪』と名づけたのか、時々考える。関西の阪神間が舞台で、雪の降る場面が前面に出てくるはずもないのに、あえてこの題名を選んだのは、もしかすると最初の構想では三女雪子の存在がもっと大きかったのかもしれない。

いずれにしても何と絶妙な選択であろうか。安易な妥協点が一切なく、毅然としていて美しい。今となってはもはや、題名に疑問を持つ人はいない。細雪、という単語を口にするたび誰もが、寄り添い合いぶつかり合いしながら、高貴な白さを保ったままそれぞれの場所に舞い下りてゆく鶴子、幸子、雪子、妙子の四姉妹を思い浮かべるだろう。

さて、整理整頓が苦手な私の本棚は、とても人様には見せられない大変恥ずかしい状態に陥っている。一応頭の中では、最近の本、昔の本、自分の本、という三つに分類されているのだが、境界線はあいまいで油断するとすぐさま侵食が起こる。それを正さないままでいるうち、いつしか新たな、より複雑な境界線が引かれている。

ただ、おかげで思いも寄らぬ本たちが肩を並べているのを発見し、はっとすることが時にある。『サイのクララの大旅行』を真ん中にはさみ、左隣に『リンさんの小さな子』と『お縫い子テルミー』、右隣に『永遠の子ども』と『きみのいもうと』が並んでいるのを見つけた時には思わず微笑んでしまった。

本棚の中で淋しく迷子になった赤ん坊、少女たちが集まり、サイのクララに乗って大旅行に出発するべく、今まさに第一歩を踏み出そうとしている。そんな場面に出くわしたかのような錯覚を感じ、思わず五冊の背表紙を指で撫でた。心なしか『きみのいもうと』に描かれたお下げ髪の人形が、恥ずかしそうな表情を浮かべた気がした。

題名たちも時に本体を離れ、彼らなりに寄り集まって、友情を育んだり恋をしたり旅に出たりしているのだとしたら……と想像を巡らせるのは、それこそ子どもじみているだろうか。

自分の書いた本が、どこかの書棚で、とある本と隣り合わせ、挨拶を交わしている。内容などお構いなしに、題名は題名独自のやり方で、私の思いも寄らない物語を作り出している。確かに私が考えたはずの題名が、手の届かない遠い場所を旅している。この想像は私を愉快にさせる。

題名同士の思わぬ出会いを演出するためには、本棚は系統立てて整頓しない方が、かえっていいのではないかと思ってしまう。

一番好きな本は何かと質問されると到底答えようがないが、一番好きな題名は何かと聞かれれば、すんなり答えられる。ジョン・マグレガー著、真野泰訳『奇跡も語る者がいなければ』。

これは一九九七年八月三十一日、イングランド北部のある通りに暮らす人々の一日を描写した小説で、読み進むうち、日常の小さな一場面たちが、目に見えない偉大な力によってつながり合ってゆく様子が、浮かび上がって見えてくるようになる。登場人物の一人は娘に向かい、棟木にとまる鳩が一斉に飛び立つのを指差し、鳥同士ぶつからないのを見たかい？　と問いかける。そしてこれは、気をつけていないと気づかずに終ってしまう、特別なことなのだと説く。奇跡も語る者がいなければ、どうしてそれを奇跡と呼ぶことができるだろう、と。

この本の背表紙を見るたび、小説を書く意味を、誰かが耳元でささやいてくれているような気持になれる。鳥が一羽もぶつからずに飛び立ってゆく奇跡を書き記し、それに題名をつけて保存することが私の役割なのだ。私にもちゃんと役割があるのだ、と思える。そうして再び、書きかけの小説の前に座る。

III

誕生のとき

没タイトル拾遺

津村記久子

　エッセイ集を出版できるそうなのだが、そのタイトルをどうしよう、という話を今詰めている。だいたい二つぐらいから決めるところまできたので一安心なのだが、他のタイトルが駄目すぎる、ということでもあるのかもしれない。没になったものは、「チャーハン定食の食べ方」「帰りの電車で隣の客がしゃべり始める」「わたし以外の人は皆仲がいい」などである。三つ目が特にひどい。

「チャーハン定食の食べ方」は、行きつけの王将の定食が明らかに自分には多すぎるのだが、メニューを見るとどうしても食べたくなってしまい、気が付いたら、体調や食べるものの量を調整してチャーハン定食を食べに行く、という本末転倒なことをしている、という内容を、エッセイ集の担当編集者さんに書き送ると、先方も、自分の場合は、朝を食べて昼を抜き、夜ギリギリまでお腹を空かせて挑めば完食はできるだろう、というようなことを真剣に返信してきた、という様子が非常に味わい深かったので案を出した。意外と「自分ならば」という意見を持つ人が多そうな話ではあるので、そういう人たちを老若男女二十人ぐらい会議室に呼んで語り合いたいものだと思う。

「帰りの電車で隣の客がしゃべり始める」は、自分の小説がどう受け取られたいのかという願望を明文化したものである。「隣の客」は、その人自身に話しかけてきてもいいし、べつの連れに話しているのでもいい。わたしが持っているおもしろい話の半分は、ほとんどは電車か飲食店の盗み聞きで得たものだ。そのぐらい、公の場で他人が不意に始める話のいくつかは興味深い。そしてまとわりついてこず、いい頃合に離れる感触を持っている。自分の小説もそのように受け取っていただければいいのだが、どうなのだろう。

「わたし以外の人は皆仲がいい」の暴言ぶりに関しては、何も言うことはない。実は四月からも、朝日新聞さんでエッセイを書かせていただけることになっているのだが、そのタイトル欄をこれにしようか、でもひどいか、本当にそう思ってるんだけど、と迷い続けて、担当さんに返信をしていない。大変申し訳ない。

編者注　以上のタイトルはすべて没になったようで、出版されたのは『やりたいことは二度寝だけ』になっている。

わたしの処女本タイトルはいかにして決定されたか

群ようこ

私がこの単行本の書きおろしを脱稿したのは5月の連休明けだった。そのあとタイトルを決めなければならなかったが、私は頭の中がヨレヨレになって思考能力がゼロだったため、

「もう好きなようにして下さい」

と目黒発行人、椎名編集長、上原製作担当者にお願いした。まず上原氏はトワイライト、かさぶた、ロバのパン屋、茄子《なす》、おから、米、おねえさん、という言葉のうち二つを適当にくっつけたらどうかと提案した。ところが椎名編集長が〝赤いハナオの下駄ばきシャンソン〟というものすごいタイトルを口に出し、一気にタイトル決定会議は泥沼化してしまった。おねえさんの地獄突き、心のかさぶた、ブルーのインキでぐるぐると、などが出てきたのである。

私は翌日この話を本の雑誌社で上原氏からきかされてビックリした。かさぶたや地獄突きという

言葉が候補に上がっているのである。今はいい。たとえばこの本一冊しか出せなくて、年をとってから、「あなたの出された本の書名は何ですか」

ときかれたら、このままでは恥ずかしくて口に出せない。私はおそるおそる目黒社長に、

「あのー、連載したときのタイトルからとって『香水と口紅』というのはどうですか」

といってみた。すると彼に、

「これ、あんたの本なのよ。イメージっていうものがあるでしょ」

と軽くいなされてしまったのだった。じゃあ私はかさぶたか！　と内心ムッとした。それから上原氏と私はできるだけたくさんの候補を出そうと二〇〇個のタイトルを考えた。ご一緒にポテトなどいかがですか、あの夏のブルマー、私もうやめます、目黒さんちゃんとしてください、あー腰が痛い、唐獅子ボンタン飴《あめ》、都こんぶの逆襲、猫は毛だらけ、海幸彦《うみさちひこ》大和《やまと》芋《いも》、最悪だぜ、キースに言っとくれ、白雪姫と七人の小人プロレスラー、八月の濡れたポータブルミシン、私の辞書がない、よくわかる玄米の夜、いきなり玄米パン、低血圧二〇〇〇マイル、ネパールのベートーベン、まであらゆるものが出た。私は低血圧二〇〇〇マイルが気に入っていたがタイトルとしてはあまりに片岡義男調であるということでボツになった。結局椎名編集長が考えついたこの『午前零時の玄米パン』に決定した

別れてよかった

内館牧子

ある晩、私は担当編集者の作田良次さんに言ったのです。

「本のタイトルだけど、『別れてよかった』というのにしない？」

作田さんは、

「ええッ!?」

と言ったきり、しばらく絶句しました。やがて、あわてて手を振りました。

「そんなのダメです。そんなの強がってるみたいだし、ヤケになってるみたいだし、第一、可愛くないですよ。ダメです」

私はなおも頑張ったのですが、結局、もっとロマンチックなタイトルを考え、それで合意したのです。すると、十日ほどたったある日、作田さんから電話がきました。

「内館さん、あれからずっと『別れてよかった』というタイトルが、僕の頭から離れないんですよ。改めてこの本の全文を読み返してみたら、やっぱり『別れてよかった』というタイトルしかないなって、そう思い始めてるんです。そうしましょう」

私は「しめしめ!」と思いました。というのも、私は最初から「強がって、ヤケになって、可愛くない女たち」に向けて、この本をつくりたかったのです。好きな人と別れるということは、女たちをそんな気持ちにするものです。逆にいえば、そんな気持ちにならないと、「別れ」に際して自分を支えきれないのです。

「フン、あんなヤツと別れてよかった。次はもっといい恋をして、あんなヤツのことなんか笑ってやるわ」

別れた夜には、こんなことを自分に言うものです。そして、それが単なる強がりで、ヤケで、本当は生きているのがイヤになるくらい悲しんでいることを、自分でわかっています。でも、何とかして立ち上がるためには「フン、あんなヤツと別れてよかった」と思うしかない。そして、別れたヤツの悪いところをひとつひとつ数えあげては、また「ああ、別れてよかった」と自分に言いきかせるわけです。

私はそんな夜に、この本を読んでいただけると嬉しいなァと思います。もちろん、すぐに元気になれるわけではありませんし、この本が特効薬の役目を果たせるなどという自惚れもありません。

ただ、私自身が幾度となく、

「フン、別れてよかった」

と思って生きてきただけに、そんな夜にどのページからでも読める本をつくりたかったのです。もしも、あなたがこの本を読み、「そうか、こんな男もいるのね」とか「明日は女友達に会ってみようかな」とか思って下さったら、私はとても嬉しく思います。

そして、「この映画は観てないから、ビデオを借りてこよう」と思ったり、両親のことや、あなた自身の幼い頃を思い出したり、そんなことをこの本が引き出してくれたなら、私はすごく幸せです。この本をつくった甲斐があるというものです。

別れるということは、独りぼっちの時間がふえるということです。その時間は間違いなく、間違いなく、次の恋への潜伏期間なのだと私は思っています。

今まで彼にだけとられていた時間を、友達や映画を観ることや、遠い昔を思い出すために使うことは、きっと女を優しくすると思えてなりません。潜伏期間を終えた時、別れた彼に「別れなきゃよかった」と言わせるような、そんな女になるのって何だかときめくことですものね。

彗星の尾

高樹のぶ子

五木寛之著『蓮如』を読んでいて、貴種流離、卑種栄達、二つの対照する言葉に出会い、いずれもが人生のスタイルでありながらまた、ドラマつまり小説のスタイルでもあるのかもしれないと思った。この本では親鸞は前者、蓮如は後者としての比較が面白くわかりやすく書かれているのだが、貴卑が優劣のまなざしで眺められていないのは当然にしても、卑種を自覚した人間への作者の思い入れが読む側にまで伝わってきて、これは作家の文学観、メッセージとして胸に残った。

ひとりの人間の人生をドラマとして眺めるとき、貴種流離か卑種栄達か、どちらかの流れになぞらえて捉えるのは、いまやこれだけ均一化し、平等となった生活の中では、何やらアナクロで観念的、古くさいことなのかもしれない。五百年前の宗教家の人生ならドラマとして発色しても、現代では困難だろう、と思いつつも、しかし人の生が、機会均等的、物質的な平等と繁栄がたかだか何十年か続いたくらいで、根底の色までも失うだろうか、という疑問は残る。

他人の人生を洗い直すよりまず自分を見直してみるとき、そうとは自覚してこなかったけれどあらためて気がつくことがある。貴種ではないまでも流離そのもので、既に失くしたもの、遠くに置いてきたものを財産にして小説を書いている。それも、かつて居た場所から遠ざかりつつだ。彗星の尾にも似た光芒が作品だと言い切れるほど自分の尾に対して客観的ではないけれど、どこか流離の力に頼っているところがある。

今回の「蔦燃《つたもえ》」も、中年に達した女が過去の秘められた出来事を語る小説だが、わたしの中に在る古い家へのノスタルジーと反発が、物語を運ぶ原動力になったのは確かだ。タイトルは「蔦」一字でもよかったくらいで、石垣にも土塀にもコンクリートにも構わず絡みつき這い上がり、その生命力のしぶとさは植物の中でも際立っているにもかかわらず、主役を慇懃に辞退して傍観者にまわったような静的なところがある。このしぶとさは男ではなくやはり女のもので、春には緑色に映え、やがて艶々と輝き、冷気の中で燃え上がったあげく落葉を繰り返しても、決して死なないところがやはり、この物語のタイトルとして魅力だった。古い家というのは、この種の剥ぎ取って捨てることの出来ないものに絡まれても、まだしっかりと建っている家のことであり、そこから隔たった流離のまなざしで見れば、たとえ倒れ崩れても、幻として以前にも増してどっかりと存在しているのだから、これはかなりしたたかである。わたしにとって郷里の家や亡くなった家族はすべて、このような存在だが、

「蔦」が絡まるこの小説の家も、わたしの意識の底にある古く重く厳格な家のイメージが作り出したものだ。わたしの夫一家も法曹で、弁護士の祖父が死んだあとの無人の古家も、この小説の中に拝借させてもらった。

表紙の絵は京都の竹内浩一画伯に、この本のために描いて頂いた。

編集者と一緒に山科のアトリエへ伺ったのは七月半ばで、その後に続く何十年ぶりの暑く渇いた夏を予感させるほど、京都は熱気に埋もれていた。京都盆地から切り通しを抜けて山科に入るとすこし気が和らいだように感じたのは、気分のせいだったか、夕暮れが近づいたせいだったか、坂を少し上るあたりに画伯の家を見つけたときは、日陰の中で風を感じてほっとした。

ところが玄関に出てこられた画伯の顔は、まるで海水浴から帰ってこられたばかりのように真赤、額には汗を浮かべて大きい体がふうふう言っているようだった。

二階の画室に入ってみて驚いた。日本画用の小さな瓶に入った絵の具や筆、その他何に使われるのかわからない小道具類が、整然と並べられ、片隅に置かれ、室内のたたずまいが水で洗われたようにすっきりしている。小説家の書斎だって、いや女性であるわたしの部屋だって、こうはいかないと思うほどに整頓されているので、もしや、と不安になって尋ねると、やっぱりそうだった。

「高樹さんが見えるというので、十数年ぶりにこの部屋を掃除しました」

真赤な顔の理由がわかってこちらは恐縮しきった。

届いた本の表紙には美しい蔦が這っている。上品に燃える葉のあちこちに虫喰いの傷跡があるのも、いかにもこの小説にふさわしい。

ツチヤの口車

土屋賢二

この「まえがき」を読んでいる人はどうせ買わないと思うが、本書は「週刊文春」連載のコラムを集めたものである。

どうせ買わないと判断するには根拠がある。わたしは本の購買活動を研究してきた。とくに、わたしの本を買わないのがどんなタイプの人間であるかを書店で観察してきた。その結果分かったが、買わない人のタイプには三種類ある。

①わたしの本を手にとって読む人。
②わたしの本を手にとっても読まない人。
③わたしの本を手にとらない人。

この研究成果から、本書を手にとって読んでいる人は買わないと判断されるのである（わたしの研究は最初、どんなタイプの人が買うかをテーマにしていたが、いくら観察しても買う人を目撃できないため、買わない人の研究にテーマを変更したのである）。

買わない理由はさまざまである。なぜ買わなかったか、個別に聞き取り調査したところ、次のような理由が挙げられた。

●わたしの本の存在を知らなかった。
●著者がわたしだと知った。
●他の作家の本を買うため、わたしの本を買う金がない。
●まえがきを読んだ。
●不思議に買う気が起きない。
●読むと後悔しそうな気がする。
●古本屋に高く売れない。
●人目がある。
●食べられない。
●自分にはまだ未来がある。

●間に合っている。
●法事がある。

どうせ買わないと思うが、「週刊文春」の連載の途中で、コラムのタイトルが「棚から哲学」から「ツチヤの口車」に変更になった。なぜ変更が必要なのかを担当編集者に聞いたが、「週刊誌全体をリニューアルするから」という答えしか得られなかった。なぜリニューアルが必要なのかは不明のままだ。たぶん、この編集者はどんな質問（「なぜ恋人と別れたのか」「なぜ遅刻したのか」「なぜそんなに食べるのか」「なぜリニューアルするのか」）にも、「リニューアルするから」と答えるのであろう。

新しいタイトルを「ツチヤの口車」にした理由も分からない。担当編集者に、「なぜ『ツチヤの口車』というタイトルにしたのか」とたずねた。驚いたことに編集者は、「リニューアルするから」とは答えず、「そのタイトルを考えたのはお前だろう」と答えた。たしかにその通りだが、なぜこういうタイトルを選んだのか、われながら理解に苦しむ（編集者なら知っているかもしれないと思って聞いたのだ）。「口車にのせる」とは正しくない理屈で人をごまかすことである。だが、わたしはこういうことが大の苦手なのだ。これまで、わたしがいくら正しくない理屈をこねても、だれ一人としてごまかされる者はいなかった。

逆にわたしが言い負かされたり説得された場合を後で調べてみると、十回のうち三回まで正しくない理屈だった。ということは、わたしは二回に三回の割合で人の口車にのせられていることになる。だから、どうせ買わないと思うが、「ツチヤの口車」というタイトルは、「子猫の咆哮《ほうこう》」と同じく「ありえないこと」を意味していると考えていただくしかない。

どうせ買わないと思うが、本書に収録されたエッセイは、学部長をしていた時期に書いたものである。知らない人のために説明すると、学部長とは学部（学部とは何かについては省略する）の責任者（責任者とは何かについては省略する）のことである（「である」の意味については省略する）。

学部長は教授会の選挙で選出される。知らない人のために説明すると、教授会とは（全部省略）。学部長をしていたのは、ちょうど国立大学から独立行政法人に変わる大変な時期で、わたしが学部長として微力をふるったため、大学にはよけい大変な時期になった。こういう仕事はわたしは嫌いだ。苦手だ。不向きだ。不適格だ。不都合だ。不遇だ。不手際だ。不潔だ。不届き者だ。不毛だ。不良だ。不謹慎だ。不渡りだ。不整脈だ。不飽和脂肪酸だ。

どうせ買わないと思うが、どうせ買わないならせめて次のことをお願いしたい。

①「まえがき」を読んだ感想を人にもらさない。
②本書をできるだけ目立つ棚に置き直す。
③それとなく人に勧める（「買うと幸運が訪れるらしいよ」「買わないと不幸になるらしい」など）。

題名をめぐる苦しみ

小林信彦

自作の題名をつけるのが、苦手である。

小説に限らず、評論、エッセイ、さっと題名が決まったことが、まず、ない。

小説の書き下ろしを好んだのは、そうしたことと、いくらか関係があるのかも知れない。この場合、小説を全部書いてから、題名を考えればいいからである。

新聞、週刊誌、雑誌の連載となると、先に題名を決めなければならない。特に、新聞や週刊誌は、大きな予告を出すから、題名が光っていなければならない。

極端にいうと、題名だけが独立して、イメージをひろげることを要求された。仕方なく、原稿用紙に、思いつく題名を次々に書いてゆく。

書き下ろし小説でも、実は、事態はほぼ同じであって、何百枚かの原稿を書き、エピローグまで書き終えて、ぴたりと題名が決まらないのは、われながら、情ない。編集者に相談するのだが、一向に決まらない。眠れなくなり、いらいらしてくる。孤立感がつのり、味方はいないのだ、とつくづく思う。

そして、他の作家は、どうしているのだろう、と考える。

題名のうまい作家といえば、小説の全ジャンルを通して、太宰治なのではないか。

「人間失格」「斜陽」「富嶽百景」「晩年」「佐渡」「お伽草紙」「親友交歓」「トカトントン」――思い出すままに題名をならべるだけで溜め息が出る。「佐渡」なんて佐渡紀行（無類に面白い！）だから、あたりまえといえば、あたりまえなのだが、しかし、なかなか、「佐渡」と、さりげなく、つけられないものですよ。

ぼくは少年のころ、太宰の熱狂的な読者だったが、彼の文学碑には、佐藤春夫の筆で、

〈かれは人を喜ばせるのが何よりも好きであった！〉

という文字が刻まれているという。

「正義と微笑」の中の一行だが、これって、まんま、名コピーでしょうが。

あのね、本当のことを言いましょうか。太宰治の小説が、今でも読まれるのは、こういう超ジャーナリスティックというか、超コピーライター的名文句が、あちこちにはめ込まれているからです。

くるのだ。

（ね、ね、この感覚、わかるでしょ？）（わかるのはあなたとぼくだけなんですよ）と囁きかけてくるのだ。

太宰治が——坂口安吾や武田泰淳などを別として——同時代の作家にきらわれたり、疎《うと》んぜられたりしたのは、そういうことだと思う。あれだけ才能があって、死後に全集が二度中絶しているのは、そうとしか思えない。

しかし、読者はどんどん増えて、太宰治をきらった作家たちは、名前も作品も忘れられてしまった。

それはともかく——。

太宰治はエピグラムもうまい。

〈富士には、月見草がよく似合ふ。〉

なんて、名コピーでしょう？　そういう文章が書ける人だから、題名もうまいのだろうか。

ぼくの知っている作家で、題名を誰かが考えてくれるのだったら、金を出すという人がいる。何百枚かの苦しい原稿書きと、題名を考える苦しみは同じだとまで、極言している。

次に駄目な方の例をあげよう。ぼくである。読者に関係のない題名をあげても仕方がないので、この連載にしよう。

一九九八年正月から、という話になって、編集部と相談して決めたのが「人生は五十一から」。本当は「人生は四十一から」にしたかったのだが、戦前のアメリカ映画で「人生は四十二から」という邦題のものがあり、それに抵触するので「五十一から」にした。本にまとめる時に、〈五十一から〉というのは営業的によくないという外部の批判があったときかされた。

そこで、一九九九年連載のぶんは、本にする時、まったく別の題にしようということになり、なんとなく目についたのが〈最悪〉という文字だった。時代的にも追いつめられてきた雰囲気があった。メモ用紙に「最良の日、最悪の日」と書いておいたが、出版部との打ち合せで、それがいいのではないか、という話になった。ぼくとしては、まずまずの書名である。悩んだのは、二〇〇〇年連載ぶんの題名で、出版部の担当者が拡大した文字を、あれこれ組み合わせているうちに、「出会いがしらのハッピー・デイズ」がいいという雰囲気になった。

決まってからも、ぼくは、なんかヤバいぞ、と感じていたのだが、九月で四十五年目に入るというTBSラジオの名番組「秋山ちえ子の談話室」でとり上げてくださった。

早く目がさめると、ぼくはこの放送をきくという一方的なファンなのだが、好意的に扱ってくださった秋山さんも、題名の意味がいまひとつわからない、とおっしゃっていた。装幀がすばらしいだけに、この失敗は痛く、これからは題名だけで二週間は悩まねば、と思った。悩んでも、いい題が浮かぶかどうか、自信がないのだが。

そういうぼくだが、他人の連載ものや、書名を決めるのは早く、自分で言ってはなんだが、うまい方だと思う。

山川方夫《やまかわまさお》という作家（故人）のショートショートの連載を（僕が編集していた）雑誌にもらった時には、先に通しタイトルを決めなければならず、えいっという勢いで「親しい友人たち」とした。

これから毎月登場する架空の人たちは〈変に見える〉かも知れないが、読者《あなた》の友人、いや読者《あなた》の内部にいるのかも知れませんよ、といった意味合いである。もともと山川方夫はエンタテインメントを書く気はなかったので、この題で一冊の本になり、いまでも文庫で入手できるのではないか。

ぼくみたいに〈他人の本の題名を考えるのが好きな男〉がもう一人いて、ぼくの本を手伝ってくれればいいのだが、そんなことはありえない。

筒井康隆も、題名がうまかった。

特に、彼の中期というのだろうか、「問題外科」とか「笑うな」とか「狂気の沙汰も金次第」といった題名は、ちぎっては投げ、ちぎっては投げ、といった趣きがあった。

あれは小説の中であったか、〈ふるさとは遠きにありて思うもの　近くば寄って目にも見よ〉の一行には、ひっくりかえって笑った。

他人の書いた文章で笑うことがめったにないぼくが、である。

タイトルの定着――思考と言葉のかかわり

高橋英夫

「今度の本のテーマは《タイトル》、諸家が《タイトル》について語った文章を集めています」――を知らされたとき、これは面白いと感じたが、同時に、今までこうした企画が出てこなかったのは不思議だとも思った。

執筆者が最も気をつかうだけでなく、編集者、新聞記者もああだこうだと頭を捻るのが、タイトルなのである。それほどに気を抜けない。タイトルは何か？――こう新たに考え直すことが必要なようだ。この話題を、私の流儀で辿ってみよう。

とはいえ、真正面から論ずるのは私の任ではないから、私の個人的な思い出にからませて何か言ってみよう。余計なことも含めて、言ってみよう。

私の仕事部屋は狭い。そのうえ、ものが一杯置いてある。ベッドも持込み、大型の書棚が壁面をすべて覆っている。少し体を斜めにしないと、机の前の椅子まで辿りつけない体《てい》たらくである。よく仕事中に、音楽を小さな音で鳴らすのが私の癖になっているが、好きなシューベルトのピアノの小曲を聴くためであろうとも、置場所がないため、小型ステレオは床にじかに置くしかなかった。ところがその部屋に出入りする時よく足をそのステレオにぶつけて、曲が途中で止まったりしてきた。

もう一つ、仕事部屋を占拠しているのが新刊の本・雑誌・郵便物で、時々少しずつ処分はしてきたものの、それで部屋がすっきり――とはとてもならない。僕はそうした紙の災いのもとで毎日を送っている。

そういうなかで、特に大切にしてきた一連のメモがある。それはすべてコクヨのレポート用紙で、横罫のもの。二百枚以上あるのではないか。各社、各紙から原稿を依頼されるようになった五十年ほど前から、ずっとこの「執筆一覧表」に、記録すべき項目をいくつか決め、「一覧表」の必要事項として書き入れて保存してきた。

他の種々のメモ、お知らせなどと一見して区別しやすいようにと、雑誌「東京人」を毎月送ってくれる封筒を、そのメモを入れるための専用の封筒と決めて、他の各種の紙類と混らないようにした。また、それを置く場所もいつも一定の場所に決めることにした。「机の左前の床」に積上げておいているのだ。私の仕勝手というものだ。そんなふうにやるようになってから、三十年はたっているだろう。

こうして「執筆一覧表」は、これまで自分はどんな仕事をしてきたかを、私自身に思い出させてくれる根拠にもなってきた。たとえば昭和五八年（一九八三年）といえば小林秀雄長逝の年だが、私はその年、七、八本の原稿を書いている。その多くは新聞社から注文されたもので、電話口で記者が言ったテーマや内容をそのまま書きとったものだった。たとえば「小林秀雄論の展望」（読売）、「根源的思索者を悼む」（共同通信）、といったタイトルで、これらは電話口で向うの言う通り私の「執筆一覧表」に書き留めたものにすぎず、その意味で私のタイトルとは言えない。

これに反して「新潮」の追悼記念号（四月刊）は一冊全部が追悼で、三十数人の筆者が書いているが、私はそこに「考える人」という四十枚のものを寄稿したのだった。「執筆一覧表」には、「思索の歴史」と線を引いて消してある次に、「考える人」と記されている。編集部の提案した「思索の歴史」を断って、「考える人」というタイトルを私が提案し、それが受け容れられたのだ。これは「執筆一覧表」によって判明する私の提案したタイトルの一つに他ならなかった。

なお一ヵ月遅れて「文学界」も一冊全部を小林秀雄追悼号にしたが、こちらにも私は「花やかへりて我を見るらん」（四十枚）というのを載せた。このやや長いタイトル自体が実は小林秀雄の引用だったのである。桜の好きな小林秀雄は日本各地、ずいぶん名木をみてまわり、名花爛漫の各地の風光にひたってきた。若い頃からそうであったかも知れないが、本居宣長に打ち込んだことが小林秀雄と桜との深いえにしを築いたことは明らかだった。睦奥弘前城の桜を目にしたときには、桜が己れを惹くのか、己れが桜を惹くのかと、妖《あや》しい思いにも囚われたらしい。
以上のような桜体験の深まりがあって、「花やかへりて我を思うらん」の一句が成ったのだろう。少し長いけれども、これが小林秀雄の桜花に塗《まみ》れての「タイトル」であったと思う。
でも、もう小林秀雄のことは「よし」としよう。小林秀雄から離れて、考えよう。私は何かというと手製の「執筆一覧表」のあちこちを見ながら、ここにもまた時々「私のタイトル」が埋まっているのだなと実感することができた。人はそれぞれ自分の流儀で言葉をしっかり抑え込んだり、逆に、行きた鯉のようにスルリと「タイトル」に逃げられたりしてきた。そういうのが文学の、文章道の秘話ではなかろうか――そんなことを私は思っている。

この文章は父・高橋英夫が書いた、おそらく最後のものです。かなり体調の悪い中書いたもので、本来の父の文章ではありませんが、生涯文章を書き続けようとした父の気持ちを尊重し、掲載していただくことにいたしました。

長女・高橋真名子

Ⅳ

それぞれの現場から

縁起のいいタイトルは

三谷幸喜

もうすぐクランクインする新作映画。これのタイトルが決まらずに困っている。

今年（二〇一〇年）の頭からホンを書いていて、既に準備稿は九稿まで来ているのだが、未だにタイトルが決まらない。名前がないままに書いていると、なんだか顔のない肖像画を描いているようで、落ち着かない。スタッフの皆さんも、僕がこの映画をどんなスタイルで作ろうとしているのか、これでは分からない。「JAWS」だって、邦題を「顎たち」にするか「ジョーズ」にするかで、印象が全然違うでしょ。

タイトルは、決まる時はすぐに決まる。「わが家の歴史」は〇・五秒で思いついた。「ザ・マジックアワー」も、企画の段階から既に決まっていた。でもそれはごく稀なケース。大抵は生みの苦しみだ。今回、準備稿には「ワンダフルナイト」と仮題が付いている。まだ正式発表していないので、中身はお伝え出来ないが、「夜」がテーマのお話なのです。タイトルの基本は、リズム感だと思っている、そういう意味では「ワンダフルナイト」は悪くはないが、もうひとつ、インパクトに欠ける。一度目にしただけで記憶に残るものにしたい。

「月がとっても蒼いから」はわりと気に入っていたのだが、昭和の匂いが強すぎると、プロデューサーに却下された。「月とそなた」はあまりにもぺ・ヨンジュンを彷彿とさせるので、これも駄目。結局、もうすぐ決定稿を作らなければならないのに、未だにこれといったものが浮かばない。かなり焦っている。

タイトルといえば、いつからか画数も気にするようになった。座右の書は、野末陳平さんの『姓名判断』。ミュージカル「オケピ！」の「！」は、「キャッツ」と同じ字画にしたかったから。「新・三銃士」の「・」も、総画が吉数に一画足りなかったから、慌てて付け足し。

他にもこだわりはある。劇団の頃、タイトルに数字が、それも三の倍数が入っている作品の時は出来がいいことを発見した。旗揚げ作品は「6ペンスの唄」。「プーサン酒場と3つのわくわくする物語」は、初期の代表作。「12人の優しい日本人」は映画化もされた。他にも「の」の字が入っている作品も、昔から評判が良かった。先の三作品は全部入っているし、海外でも上演されている「笑《わらい》の大学」、初監督作品「ラヂオの時間」、ドラマ「王様のレストラン」に「わが家の歴史」、意図したわけではないが、話題になった作品はほとんど「の」の字つきである。

ただ、この意図しないというのが大事で、劇団時代にちょっとしたスランプに陥り、三の倍数の力にすがって、狙って付けた「99連隊」だったが、台本がなかなか書けなかった。こういうものは、最初から狙ってはいけないのである。狙ってうまくいくなら、僕はとっくに代表作の「3の6の9」を書いている。

そして三の倍数も「の」の字もついていないのに、十年以上も続いている作品もある。そう、この「ありふれた生活」。知らない間に五百回を超えていました。

あ、でも「三谷幸喜の〜」だから、ちゃんと三も「の」も入っていた。

編者注　後に「ステキな金縛り」に決定した。

フェルメールの娘は成長する……画題について

林哲夫

デルフトの画家フェルメールに「窓辺で手紙を読む娘 Brieflesendes Mädchen am offenen Fenster」（ドレスデン国立美術館蔵）と題された作品がある。忘れもしない、この絵が上野の西洋美術館にやって来たのは、一九七四年、すなわち筆者が美術大学へ入った年の秋だった。柔らかな光が流れ込む窓際で一心に手紙を読む娘、彼女を取り巻く冷やかな闇、どのような報せを受け取ったのだろうか？　想像力を刺戟する構図もさることながら、その絶妙な陰翳表現を目の前にしてできたてホヤホヤの画学生は、縛られたように動けなくなり、感嘆の声すら洩らせなかった。

絵画作品に付けられるタイトルというものは、絵の内容をそのまま表わすのが通例である。とくに近代以前の絵画では、その多くが、神話、宗教、歴史的な事件などを描き出しており、ひと目見れば、そのテーマが何なのか、誰にでも了解できたはずだ。逆に言えば、皆が知っている主題を描くことが求められたということでもあろう。レオナルド・ダ・ヴィンチの「最後の晩餐 L'Ultima Cena」に対して、「にぎやかな宴会」などというタイトルは成り立たない。当然ながら、それは新約聖書（ヨハネによる福音書十三章 二三-二四節）の一場面であり、単なるパーティーではないからである。古い時代の絵画が、ほとんどの場合、制作された時代よりも後に付けられたタイトルをもつのも、そこに理由があるのではないだろうか。当事者たちには分り切った内容である。あえてタイトルや解説を付けるまでもない、そう考えられていたように思われる。

例えば、古代ローマ時代に書かれた風変わりな小説『サテュリコン』には「トリマルキオーの饗宴」という傑出した一節があるが、その冒頭にはトリマルキオーの大邸宅の壁画についてこんなふうに書かれている。

《物好きな画家は例へば如何にして彼が簿記を学んだか、又如何にしてそれから執事にされたかと云ふやうな事を悉く忠実に題銘をつけて描いてゐた》（岩崎良三訳）

この「物好きな画家」という表現から推察すれば、当時、題銘を付けるという行為は、どうやらあまり一般的ではなかったようだ。トリマルキオーという成金が自分の一代記をテーマに描かせた壁画にわざわざ解説文を記させている、作者はそんな非常識の一例としてこのくだりを挿入したのであろう。

中国や日本では画を掛軸に仕立てる。巻かれた絵は開いてみるまでどんな内容なのか分からない。そのため巻子の外側に付けられた題簽《だいせん》には図柄を分りやすく伝えるタイトルがなければならなかった。「渓山行旅図」（山中を旅する図）、「秋庭戯嬰」（秋の庭で遊ぶ子供）、「風雨帰牧」（雨風に牛を連れて戻る）といったような書き方である。もっとシンプルに「山水」「花鳥」「羅漢」などとしている例も多い。例えば足利義政の美術コレクションを記録した『君台観左右帳記』というノートがあるが、その写本を開いてみると、作者名がまず大書され、その下に所蔵作品のカテゴリーが列記されている。永正八年（一五一一）の相阿弥《そうあみ》本から一例を挙げれば、左のような書式である。

徽宗　山水人形花鳥魚虫

作者が誰なのか、ということが最も重要で、次にどういう絵柄なのかが重視されていた。作品個々のタイトルなどはどうでもよいというかっこうであろう。

ただし、中国においては、かなり早くから絵の主題についての洗練された哲学が存在していた形跡もある。例えば、八世紀、王維の作とされる画論「山水訣」は次のように述べている。

《凡て山水を畫がくには必ずこの四季を考慮に入れねばならない。たとへば烟籠霧鎖とか楚岫雲帰とか秋天曉霽とか古塚断碑とか、或は洞庭春色とか路荒人迷などいふのは皆それで、画題とはかういふものを云ふのである》（青木正児訳）

ここで言う「画題」とは作者の伝えたいテーマのことであって「題名」とは違う。しかし、それはそのままタイトルとしてもさほどの不都合はないように思う。時代はぐっと下るが、葛飾北斎の木版画「富嶽三十六景」（一八三〇年代刊行）の一枚「凱風快晴」など、まさに画題をタイトルとした良い例ではないだろうか。描かれているのは赤い富士山、であるにもかかわらず「〇〇の赤富士」などと命名しなかったところがミソだ。

ギュスターヴ・クールベにも絵柄を想像するのが難しい「世界の起源 L'Origine du monde」(オルセー美術館蔵、一八六六年作)と題された油絵がある。「世界の起源」と言うからにはブラックホールのような絵なのかと思えば、実は裸の女性の股間を正面から描いた奇作である。どうしてまたそんな絵を描いたのかと言えば、その方面の蒐集家の要求に応えたからなのだが、じつは浮世絵に「大開絵《おおつびえ》」という趣向があって、どうやらクールベはそのような類いの浮世絵にヒントを得て、この大胆な作品を制作したらしい。そして題名にもひと捻りを加えた。ただ考えて見れば、「世界の起源」というのも、かなり遠回しな図柄の説明と言えば説明ではなかろうか。

結局、近代以前の題名とは絵の説明であり、蒐集・分類・展示といった美術を取り巻く環境が変化するなかで必要とされた書式である。たいていの場合、画家のモチベーションは反映されていない。上述した「富嶽三十六景」においても「凱風快晴」のような名付け方は、他に「山下白雨」があるだけで、それ以外の三十四景は「神奈川沖浪裏」のように地名を織り込んだ説明的なタイトルになっている。そこに近代と近代以前の「題名」に対する決定的な考え方の差が横たわっているのかもしれない。

その意味で、ひとつの象徴的な例は「印象派」の語源となったモネの作品「印象、日の出 Impression, soleil levant」(マルモッタン・モネ美術館蔵、一八七二年作)であろうかと思う。発表当時、この絵を展覧会のカタログに掲載するにあたって、担当の編集者が題名を尋ねたところ、画家は「印象」と答えた。その編集者（画家ルノアールの兄弟だったそうだ）はそこに「日の出」を補って「印象、日の出」とした。これが定着して今日に至っている。印象……さすがにこれだけでは誰しも「どんな絵なのだろう？」といぶかしく思うに違いない。しかし、画家にとっては日の出であろうと日の入りであろうとどちらでもよかった。その光景から受けた、それこそ「印象」が重要だったのである。そこに何が描かれているか、ではなく、何がそれを描かせたか。そして言うまでもなく、印象派は浮世絵から強い影響を受けていた。さらに付け加えるなら、日本には俳句にさし絵を添えた「俳画」というジャンルがあるが、その場合、絵が俳句の文字をそのままなぞるのを「べたづけ」と呼んで嫌う。絵と句は互いを補い合うべきなのである。その観点からすれば、日の出を描いた絵に「日の出」という題はベタもベタ、蛇足もいいところなのだ。モネが「べたづけ」の愚を意識していたのかどうかは分らないが、結果として同じ考え方に立っている。

ごく大雑把に考えて、美術を鑑賞するという行為が、宗教や政治から独立して初めて、タイトルにも自由が生まれたのではないだろうか（トリマルキオーの壁画はその極めて早い例かもしれない）。自由という意味で、美術作品の題名をはっきりと文学の域へと高めたのは、第一次世界大戦とともに生じたダダイズムや、その延長であるシュルレアリスムといった芸術運動であろう。ここから現代が始まった。なかでもマルセル・デュシャンの作品群は爆発的なパンチをもっていた。レディメイド（既製品）の男性用便器に「R.Mutt」とサインを書き入れ、そのオブジェを「Fountain」（一九一七年作）と名付けたなどはその典型であろう（普通このタイトルは「泉」と和訳されるが「噴水」の方がより作者の意図に近いようだ）。当時この作品はニューヨーク・アンデパンダン展においてて展示を拒否された。にもかかわらず（だからこそ）、現在ではモダンアートのなかでも最もインパクトのある作品として人気ナンバーワンになっている。デュシャンにとっては、タイトルをつけること、その行為そのものがアートであった。そして、たいていの場合、その命名には二重、三重の意味がこめられている。「噴水」も「世界の起源」に対応する肉体の一部を連想させるではないか。連想はさせるが、説明ではない。タイトルとは諧謔、もっと下世話な言葉を使えば、おやじギャグなのである。「なりたての未亡人 Fresh Widow」（一九二〇年作）という作品は、ガラスが黒、枠が青緑に塗られたフランス窓のミニチュアなのだが、その題名は、fresh（塗り立て）、window（窓）、widow（未亡人）によるダジャレ以外の何物でもない。

デュシャンはレーモン・ルーセルという奇想の作家に心酔していた。ルーセルはひとつの文章にふたつ以上の意味を持たせることを文学の要諦と見定めた詩人である。これは俳諧にも通じる方法論だろう。ルーセルの代表作に『アフリカの印象』（一九〇九年発表）という作品があるが、その原題は「Impressions d'Afrique」、文字通りには「アフリカの印象」ながら、発音を少しズラすだけで「銭のかかる印刷 Impression à fric」とも聞こえる。自費出版だから金がかかるんだ、と言外にほのめかした、と考えられている。アンプレッションに印象と印刷の両義があるため……などと駄洒落の解説をするほど無粋なことはなかろうが、とにかくルーセルの言語実験を梃子として、デュシャンは美術の世界に風穴を開けたのである。その穴はじつに大きなものだった。

説明でもなく、デュシャン流の俳諧でもない、第三のタイトルがあるとすれば、それは「無題」である。作品にタイトルを付けることを拒んでいるようにも見えながら「無題」という「題」になっているところが発明だろう。一九六〇年代、「無題 Untitled」の作家として知られるのはドナルド・ジャッド。デュシャンはレディメイドの工業製品に題名を付けてアートにした。われわれは普通、家具やテーブルに（あるいは便器に）特別な「名」は付けないが、デュシャンはあえて名付けることによって作品を生み出した。それに対して、ジャッドは四角い箱をアート作品として作りながらも「無題」とすることによって工業製品と区別し、同時にそれらとの類似性をほのめかすことにも成功した。もし本当にタイトルがなければ、アート作品ではなく、単なる家具とみなされてしまう恐れが十二分にある。美術館に置かれていれば、観客はついその上に座ってしまうかもしれない。かろうじて「無題」と書いたプレートがそれを思い止まらせるのだ。一方で、ジャッドは実用的な家具のデザインも手がけている。それらは一見、家具とは思えないようなシンプルさで、椅子などは、そこに座るのがはばかられるほどの潔癖さを示している。「無題」の秀逸さはこの矛盾のなかにあるだろう。

最後にふたたびフェルメールの「窓辺で手紙を読む娘」へ話を戻すと、本稿を執筆するためにインターネットで検索してみてびっくりしたことがある。検索結果のほとんどが「窓辺で手紙を読む女 Brieflesérin am offenen Fenster」となっていたのだ。彼女はいつの間にか「娘」から「女」に成長していた！　一九七四年以来ずっと娘だと信じていたので、これには何故か昔の恋人の現在を知ったような切ない思いがした。しかしながら、少し落ち着いて、絵の細部を観察し直してみると、なるほど、たしかに彼女は「娘」というよりも「女」の方がしっくりくる。手紙の送り主は恋人ではなく夫である方が似つかわしいだろう。もっと言えば、新資料の発見によってモデル周辺の詳しい人間関係が判ってくれば、そのうち彼女は「母」になるかもしれないし、「未亡人」になる可能性だってあるのではないか。（と書いている先から、後の壁にキューピッドの絵が隠れていることが判明した）

そんな馬鹿な、と笑うなかれ。何しろ、筆者が中学校の教科書で親しんでいた馬上の「足利尊氏像」（京都国立博物館蔵）が、今では尊氏の家来「高師直《こうのもろなお》像」だと推定されている例もあるくらいだし（目下の題名は「騎馬武者像」）、また同じく、源頼朝と信じ切っていた京都神護寺所蔵の名作「源頼朝像」などは、二十世紀の末になって「足利直義《あしかがただよし》像」ではないかという説が発表され、今ではその支持者の方が優勢だという大転回もある（神護寺は「伝源頼朝像」とする）。

タイトルは常に裏切る。娘が女になったくらいでオタオタしていては、絵に題名など付けられないようだ。

凝り過ぎるのは良くないのだが

川本三郎

書名を考えるのは楽しい。

評論家として、映画評論、文芸評論、それに町歩きや旅のエッセイを書いている。書名は映画の題名や歌の曲名をもじることが多い。

たとえば、最初に出した映画の本は、『朝日のようにさわやかに』（筑摩書房、一九七七年）だが、これはジャズの名曲（原題は、“Softly as in a Morning Sunrise”）からそのまま取っている。当時、ソニー・クラーク・トリオの演奏するこの曲を愛聴していた。

そのあと集英社から出した映画の本は『町を歩いて映画のなかへ』（一九八二年）。これはヘミングウェイの『河を渡って木立の中へ』をもじった。ヘミングウェイのなかでは評価が低い作品だが、書名が気に入っていた。地方の消えてゆく映画館を訪ね歩くルポを中心にした本だったのでぴたりだと思った。

一九九六年に文藝春秋から出した『君美《うる》わしく』は、「戦後日本映画女優讃」と副題にしたように、高峰秀子、山田五十鈴ら日本映画の黄金時代のスター女優たちへのインタビューをまとめたもの。『君美《うる》わしく』は、淡島千景主演、中村登監督の松竹映画『君美しく』（一九五五年）から取った。「美しく」を「美わしく」にした。現代では「うるわしい」は死語になっているので「美《うる》わしく」とルビを振った。敬愛する歌人の齋藤愼爾《さいとうしんじ》さんが書評で、この書名がいいと書いてくださったのは、うれしかった。

すでにある映画の題名などから書名を考える。大仰にいえば「本歌取り」である。このスタイルは現在も続いていて、「キネマ旬報」に連載している映画エッセイをまとめた最初の本は『映画を見ればわかること』（キネマ旬報社、二〇〇四年）だが、これはアメリカ映画、ロドリゴ・ガルシア監督（ガルシア・マルケスの息子）の「彼女を見ればわかること」（一九九九年）から貰った。

二〇一三年のキネマ旬報刊『映画は呼んでいる』は、私の世代ならたいてい知っているフランス映画『河は呼んでる』（一九五八年）から。同じ年の七つ森書館刊の「懐かしの外国映画女優讃」の副題が付いた『美女ありき』（二〇一三年）は、ヴィヴィアン・リー主演の映画（一九四〇年）の題名そのまま。この映画の原題は“Lady Hamilton”、それを日本題名では「美女ありき」にした。昔の映画会社にはセンスのいい人がいた。

キネマ旬報社で出した映画の本で苦労したのは一九八八年刊の『ダスティン・ホフマンは「タンタン」を読んでいた』。『クレイマー、クレイマー』（一九七九年）の中でダスティン・ホフマンが子供に、エルジェの絵本『タンタンの冒険旅行』を呼んでいたのに気づいたところから考えた。映画のディテイルについて書いたエッセー集なのでぴたりだと思った。ところが、これに営業から異があった。「何のことか分からない」と言う。自分ではいい書名と思っていたので「絶対に、これで」と主張する。ついに営業の人は、都内の大型書店に行き、女性の店員に「『タンタン』って知っていますか?」と聞いた。店員は「もちろん」と答えた。それで決まった。

もっとも凝り過ぎるのも考えもの。

私には珍しい、食をテーマにした短編集があるのだが、その書名は『青いお皿の特別料理』（NHK出版、二〇〇三年）。英語の“Blue Plate Special”から取った。大衆食堂のその日の定食のこと。さすがに、これは知っている人が少なく、売れなかった。同じように英語から取ったのが、日記風エッセイ集『パン屋の一ダース』（リクルート出版、一九九〇年）。英語の“Bakers Dozen”。パン屋は一個おまけするので十三個のこと。これも凝り過ぎた。

著者がひとりよがりになると失敗する。

私の映画の本の中でよく売れたものに中公新書の『アカデミー賞　オスカーをめぐる26のエピソード』（一九九〇年）がある。

この書名は、はじめ「アンド・ザ・ウィナー・イズ」と考えた。当時、アカデミー賞でプレゼンターが封筒を開き、「今年の受賞者は」と発表する時のおきまりのセリフ。映画ファンならたいてい知っている。ところが、編集者は大反対する。「ひと目で分らない」。それで彼は、シンプルに『アカデミー賞』にした。著者としては不満だったが、これがよく売れたのだから編集者に脱帽した。凝り過ぎてはいけないと痛感した。

映画の本に比べ、文芸評論はオーソドックスなものが多い。大正文学を論じた『大正幻影』（新潮社、一九九〇年）、荷風論『荷風と東京』（都市出版、一九九六年）、それに『林芙美子の昭和』（新書館、二〇〇三年）、『白秋望景』（新書館、二〇一二年）、『老いの荷風』（白水社、二〇一七年）。どれもシンプル。文芸評論は、遊びのない書名の方がいいようだ。

しかし、やはり時々は、遊びたい。

書評エッセイをまとめた『本のちょっとの話』（新書館、二〇〇〇年）、町歩きエッセイ『我もまた渚を枕』（晶文社、二〇〇四年）は、自分では気に入っている。後者は、島崎藤村作の歌「椰子の実」の歌詞から取った。担当の若い女性編集者がすぐ「あっ、『椰子の実』ですね」と反応してくれたのですぐ決まった。

自分の本のなかで一番大事なものは、若い頃の挫折の体験を書いた『マイ・バック・ページ』（河出書房新社、一九八八年）だが、この書名は、青春時代に好きだったボブ・ディランの歌の題名そのまま（ただ原題は、"Pages"と複数形）。厳密に著作権のことを考えると問題があるのかもしれないが、まあ、日本語なので許してもらおう。二〇一六年に、ボブ・ディランがノーベル文学賞を受賞した時は一人、ひそかに祝盃をあげた。

題名

木村雅信

題名はべつに作品の理解を助けない、というのが私の持論である。「月光ソナタ」が代表するように、根拠のない綽名であるものが少なくない。史上もっとも奇妙な題名を書いた作曲家はサティである。「梨の形をした小品」「官僚的ソナチネ」など。アメリカのトムソンのオペラ「三幕の四人の聖者」に至っては、なぜか聖者は二人だけで四幕物である。こうなると一種の詩の領域と考えられる。旧門下生の泉君が「終りのない歌」という曲を書いたが、「歌のない終り」の方が良かった。池辺晋一郎の金管合奏曲に「ライオン」というのがある。獅子十六人編成のゆえである。惜しいかな弱音がない。ライオンだって黙想する。

日本の作曲家は題名にこる傾向がある。理学辞典から探し出してくるもの。単なるエフェクト集に過ぎないのに仏教用語を持ってくるもの。恥ずかしいほど感傷的なものも多い。これらは日本人作品の構成の弱さを反映しているし、内容を判断する力のない聴衆へのサービスともいえる。私の場合は、舞曲、変奏曲、インヴェンションのいずれかなので、それで充分なのである。テキストを用いたときは「天草のオラショ」などとなって、多少は潤いをみせる。

展覧会などに行くと、なくもがなの題名をしばしば見る。どうやら命名癖というものがあり、地下街の粗末なモニュメントに「希望の泉」などとあるのは困りものだ。（札幌市内の駅名はじつに味気ない。「西十一丁目」「西十八丁目」「西二十八丁目」というのは、「石山通り」「医大前」「宮の森」でよいはずだ。）

音楽会そのものに題名が必要であるとは思えないが、題名が無いといいながら明確な意図を含んだ音楽会はある。悪質な反ソ宣伝などである。ともかく食品と同じくらい中身の品質が問題である。

題名について

池波正太郎

むかし、芝居の脚本を書いていたころには、その題名をつけるのに苦労をした。小説とちがい、一つの興行で昼夜の演目は四本だから、題名の重味は相当なもので、責任を感じたものだ。

そのころの、私の芝居の題名は、さしてよくはなかったけれども、あのときに苦労をした所為《せい》で、小説に転じてからは、割合に苦しまない。

しかし、最近は日本語の語彙《ごい》や語感が急速に変ってきた。私のように時代小説を書いているものにとっては、よくよく気をつけないと、読者にアピールしない。

外国映画でも、近ごろの若者たちに英語が行きわたっているので、原題そのままの題名が多くなってきて、中年以上のファンは「どうも感じが出ませんなあ」と、ためいきをついている。私もそうだ。

むかしは原題を直訳するにしても、また転題するにしても、各社の宣伝部は題名をつけるのがうまかった。たとえばジョン・フォードの名作〔男の敵〕の原題を直訳すると〔裏切者〕という味気ないものになってしまうが〔男の敵〕というのであればスケールも大きくなり、語感にも、いろいろなふくみが出てくる。

グレゴリー・ペックがノイローゼの司令官を演じた〔頭上の敵機〕の原題は〔十二時の高度〕というのだそうで、これでは日本での上映に際して、商売になるまい。

フランス映画でも、デュヴィヴィエ監督の名作で、若きジャン・ギャバンが外人部隊の兵士を演じて日本のファンを大量につかんだ〔地の果てを行く〕の原題直訳は〔旗〕というのだから、どうにもならないが、小説ならば〔旗〕でも通用する。

ジャック・フェデーの傑作〔女だけの都〕の題名を直訳すると、〔英雄の祭典〕ということになるのだそうで、これでは、あの映画の馥郁《ふくいく》たる味わいも、そして皮肉もきいていないけれど、〔女だけの都〕ならば、ぴったりである。

〔地の果て……〕にしろ、〔女だけ……〕にしろ、実に、うまくつけたものだ。

いまの日本では、漢字を制限してしまったし、日に日に、語句が変ってきて、近いうちに、この前に書きのべた〔女中〕という言葉なども消えてしまうだろう。

そのくせ、私の小説でも、たとえば、〔鬼平犯科帳〕の鬼平《おにへい》を、〔鬼平《おにひら》〕と読んでいる若い人が少くない。

前に〔黒白《こくびゃく》〕という題名で週刊誌連載をしたことがある。ところがこれは〔黒白《くろしろ》〕と読む若い読者が多かった。

つまり〔こくびゃく〕という語句がもつ意味とふくらみが、もう通用しなくなってきつつあるのだろう。

むかしは、題名をつけるたびに、近所の中学生や高校生に見せて試したものだが、

「堀部安兵衛という人を知っているかい？」と、訊いたら、

「ええ。赤穂四十七士のひとりで、とても強い人でしょ」

こたえた高校生が、いまや中年になりかけて、頭の毛も薄くなりかかっているのだから、どうしようもない。

ところで、近く連載を始める私の時代小説の題名は、まだ決定したわけではないが、つぎのようなものだ。

〔まんぞく、まんぞく〕

さて、どんなものだろう。

タイトル

穂村弘

本のタイトルをつけるのは難しい。何個も何個も候補を考えて、頭のなかで比較していると、だんだん味がなくなるというか、よくわからなくなって、考えがどんどん遠くの方までいってしまう。

このあいだも、そんな状態のときに、「アラワナイグマ」という言葉が、ふっと思い浮かんだ。アラワナイグマ、アラワナイグマ、と何度か呟いて、くすくす笑う。朦朧とした意識のなかで、それはとても面白いものに思えるのだった。アライグマ、アラワナイグマ、フツウノクマ、くすくす。

タイトルは「アラワナイグマ」ではどうでしょう。普通のクマのことを逆説的に面白く表現していると思います、と編集者宛てにメールを打って、送信ボタンを押す直前に、その本がクマとはなんの関係もないことを思い出す。

昔、いろいろ考えた挙句に、ある本に「人魚猛獣説」とつけようとしたら、「それでは本屋さんでマイナーな棚に置かれてしまう」と編集者に言われてショックを受けた。そんなことは考えてもみなかった。確かに、本はモノでもあって、どこに置かれるかは大問題である。タイトルの語感やイメージが気に人ってもそれだけでは駄目なのだ。ああ、「現実さま」のお出ましだ、と思って、私は「人魚猛獣説」を断念した。『銀河鉄道の夜』とか『透明人間』とか、実は凄いタイトルなのかもしれない。そういうイメージが既に「在る」世界にいるからそれほど感じないけど、それらがまだなかったときに、こんなタイトル（というか発想そのものか）をつけるのはきっともの凄いことなんだろう。

本屋でかっこいいタイトルをみると、やられた、と思う。このタイトル、売ってくれ、と思う。中身がどんなものでもこれなら即買う、という傑作タイトルを幾つか挙げてみる。発想の凄さ、翻訳の美しさ、メタレベルの面白さ、いろいろですね。

『そして誰もいなくなった』（アガサ・クリスティー）
『世界の中心で愛を叫んだけもの』（ハーラン・エリスン）
『人間失格』（太宰治）
『スポンサーから一言』（フレドリック・ブラウン）
『シュールな愛のリアルな死』（萩尾望都）

『夜中に台所でぼくはきみに話しかけたかった』（谷川俊太郎）
『たったひとつの冴えたやりかた』（ジェイムズ・ティプトリー・ジュニア）
『とうに夜半を過ぎて』（レイ・ブラッドベリ）
『風の、徒労の使者』（丸山健二）
『流れよわが涙、と警官は言った』（フィリップ・K・ディック）
『限りなく透明に近いブルー』（村上龍）
『あえてブス殺しの汚名をきて』（つかこうへい）
『モナリザ・オーヴァドライヴ』（ウィリアム・ギブスン）

古びない歌集『さるびあ街』

俵万智

短歌を作りはじめたころ、大学の図書館で『現代短歌全集』を借り出しては、せっせと読んでいた。全十五巻。一巻につき二十冊近くの歌集が収められている。第一巻の一冊目から順番に、というような律儀な読みかたではなく、ぱらぱらっとめくっては、なんとなくおもしろそうな予感のするものを、無差別に読んでいた。

そんななかで、松田さえこ『さるびあ街』に出会った。今から約十五年前のことである。まずタイトルが新鮮だった。「おっ、なんか歌集っぽくなくていいじゃん。ひらがなっていうのが可愛くて垢抜けてるよね」と、めくりはじめた。

私が出会ったのは十五年前でも、この歌集が出版されたのは一九五七年。現在からさかのぼれば、四十数年前だ。そして今もなお、『さるびあ街』は新鮮さを保ちつづけている。タイトルだけではなく、もちろんその内容においても。

先にタイトルのことに触れておくと、佐藤佐太郎による「序」は、次のような文章で締め括られている。

「『さるびあ街』といふ書名に見られるやうな才気が、底の方にしづむのがよいか、よくないか、それは私にもよくわからないが、兎も角も新進としての実質を盛つたこの新歌集の門出を祝福する」

一九八九年、この歌集は別の出版社から再刊されることになるのだが、その「再刊　あとがき」には、こんなエピソードが披露されている。

「自ら決めた『さるびあ街』の題名がよくないというので、亡き恩師佐藤佐太郎先生の不興を買い、一時準破門状態になったことも今はなつかしい」

つまり師は、そのような才気は、底のほうに沈めたほうがよいと思っていたのだろう。が、新しい気持ちで短歌を作りはじめた女子学生の手を、はっと止めさせる魅力が、このタイトルには確かにあった。


きざし来る悲しみに似て硝子戸にをりをり触るる雪の音する

過ぎ去りし愛の記憶に繋りて無花果の葉に雨そそぐ音

硝子戸の中に対照の世界ありそこにも吾は憂鬱に佇つ

ゆくりなく放たれし赤き風船が雲に近づきながらかがやく

ざあざあ降った悲しみの雨が、伏流水となり、やがて自然の濾過作用を受けて静かに湧き水となってあふれでている――『さるびあ街』を流れる愛の悲しみは、そんなイメージだ。現実の背景については「幸か不幸か、この歌集の出版を前にして、私の短い家庭生活も終りを告げた」と簡潔に著者は記している。短歌という定型が、濾過装置の一つでもあったかもしれない。

また「雪の音する」「雨そそぐ音」「そこにも吾は」というように、口語脈が自然に生かされているところも、私には親しみやすかった。

かすかなる夫の寝息を聞きゐしがわが寂しさと関はりもなし

反響のなき草原に佇つがごときかかる明るさを孤独といふや

ためらひもなく花季《はなどき》となる黄薔薇何を怖れつつ吾は生き来し

描かれる愛と別離の世界は、女性にとって普遍的な問題を、今も投げかけている。

松田さえこは、やがて放送作家やエッセイストとして活躍するようになり、長く短歌から遠ざかったが、その後筆名を「尾崎左永子」とし一九八七年に第二歌集『土曜日の歌集』を出版する。活字の世界で採まれた言葉たちは、いっそうの洗練を見せていた。『さるびあ街』にしびれていた私などには、「少し端正すぎるなあ」と思われるほど。

さらに一九九〇年、『さるびあ街』につづく十年間に作られた短歌群を集めて歌集『彩紅帖』が出版された（『土曜日の歌集』には、この時期の作品は、つなぎとして一部が掲載されただけだった）。

高層の街に月明しことごとく窓は眼窩となりて犇《ひし》めく

図案のごとき鉄の橋梁泛《うか》びゐて向うは寒き逆光の海

屋上よりみれば群衆を区切りつつあそびのごときバスの配列

恣《ほしい》まま風吹きながら風の音立たぬ埋立地海に続きつ

テーマは、徹底して「都市」である。近年、盛んに「都市詠」ということが言われるようになったが、尾崎左永子はすでに一九五〇年代から、意識的にしかも大量の都市の歌を、十年以上にわたって作り続けていた。

歌集『彩紅帖』が、九〇年にあらためて編まれたことは、大いに頷ける。時代が、やっと尾崎左永子に追いつき、この歌集を求めたということだろう。

都市に対する疑問や愛情、都市に生きる人間の切り取りかたなど、『彩紅帖』は、今なお色鮮やかな歌集である。

タイトルは時代を映す

河野裕子

若い頃には、短歌には署名はいらない、一首の屹立性こそが大切なのだとか、この短歌は他の誰のものでもない、私の苦心のオリジナリティーそのものなのだとか、ずいぶん生意気なことを考えていた。今になってわかることなのだが、個のオリジナリティーなんてそんなに簡単に出せるものではないのである。

歌集のタイトルについても同じことが言えそうである。私は昭和四十七年に第一歌集を出した。歌集名は『森のやうに獣のやうに』という長ったらしいものであった。ある時、電車に乗っていて、床にさす陽の光を見ながら閃くように思いついたのが、このタイトルであった。われながら直感が冴えていると思ったことを覚えている。

しかし、その頃に出た歌集を眺めていると、私の歌集名など直感の産物でも何でもなかったことに気づく。『直立せよ一行の詩』佐佐木幸綱、『藍を走るべし』大島史洋、『やさしき志士達の世界へ』三枝昂之、『行け帰ることなく』春日井建など、いずれも長いタイトルをもっている。

これらのタイトルには、七〇年安保前夜という時代が如実に表れている。あの暗く熱っぽい情念の渦巻いていた時代、連帯ということばがまだ生きていた。同志に呼びかけ、命令し、「われわれは蹶起《けっき》するべし」と悲壮に思いつめていた時代。そういう時代の発する声とメッセージが、鮮やかに見えるのだ。

私の歌集のタイトルは、歌集中の「森のやうに獣のやうにわれは生く群青の空耳研ぐばかり」から取ったものである。「われは生く」が、キーワード。生き方の決意表明としての歌集名なのだった。第三歌集のタイトルは、『はやりを』だった。「逸り雄」と書く。血気盛んな若者の意である。私は三十歳を少しすぎたころであり、周囲にいる仕事のよくできる男性たちに伍して仕事をしたいと思っていた。今考えると、フェミニズムが力をつけつつある時代であった。

その後、歌集のタイトルは、時代を呼吸しつつ様々な変遷を見せてきたが、この二、三年、若い人たちの歌集に再び長いタイトルのものが出てきている。

二、三あげてみると、『銀河を産んだように』大滝和子、『私をジャムにしたなら』河野小百合、『春原さんのリコーダー』東直子といった具合、昭和四十年代に出た歌集と一見似ているが、ネーミングの動機は全く異なっている。

これらのタイトルには、まず自己主張というものがない。他者への呼びかけとか、批判、自己の価値観というものが見えてこないのだ。何かしらムードはあるがそれだけ。そしてだからこそ、読む者の気分にフィットしてくるものがあるのも事実だ。今は、『行け帰ることなく』というようなカッコよく明瞭な命令形ははやらない。タイトルに作者からのメッセージをこめるのではなく、態度を保留し、意思表示を明確に示さない。今という時代の〝気分〟が歌集のタイトルに、こんな形で出てきている。

詩の題

清水哲男

a

まず、問題を出します。
次の詩を読んで、この作品にはどんな題がふさわしいか考えてみてください。

年をとった美しい森で
生まれて初めて
詩を書いてみたい

そのあとで
渇いているからおいしい
というのではない水を
一口飲みたい

生きてることが
岩の間から
清水が湧いている
というふうであれ
という祈念

肉体の愛についても
たしかに
二〇代の頃より
熟してきているのだから

決して決して無理でなく
ふいに思うのだが
齢を刻むことが
何かを失っていくのは
肯定できない

三連目に出てくる祈念とは、深い祈りのことです。みなさんには少しむつかしいところがあるかもしれませんが、だいたいの意味はおわかりでしょう。作者は、川崎洋という現代の詩人です。

先日、私は大人の人たちを対象にした詩の教室で、実はこれと同じ問題を出してみました。解答者は日頃よく詩を書いている人たちばかりなので、私の予想としては、ひとりくらいはこの詩の作者と同じ題をつけるだろうと思っていましたが、しかし結果は、全員がはずれだったのです。もっともこの場合にはずれだとはいっても、クイズの解答とはちがうのですから、必ずしも作者のつけた題名だけが正解というわけにはいきません。それぞれの人が、この詩から受けた印象をもとにして、その人なりの判断で自由につけてよいわけです。つまり、それがその人の正解なのであって、そう考えれば、誰の回答でも正解だということができるでしょう。

その場では、実にたくさんの題名が、この詩につけられました。「年輪」とつけた人が二人いたほかは、あとの人たちの解答はばらばらで、私はあらためて詩の題というものの大切さを思わないわけにはいきませんでした。「美しい森にて」とつけた人もいます。「無理でなく」だとか、「湧く」だとかつけた人もいました。またこの詩は老年をテーマにしているのだけれども、しかしこの作者のいいたいことは、むしろこれが本当の青春の姿なのだと理解して、「青春」という題がふさわしいという発言もありました。

なるほど、それぞれの題にはそれぞれの根拠があって、それらひとつひとつの題を、この作品の前に置いてみると、なにかそれがゆるぎのないタイトルのように思えてきます。「美しい森にて」という作品として読んでみると、それはそういう世界の作品として立派に読むことができますし、他の題名の場合にも同じことがいえるのです。でも、ここでひとつ気がついたことは、この作品の前にいろいろなタイトルを置いてみるとき、たしかにそのタイトルは作品と一体になってひとつの詩の世界をつくりあげはしますが、それぞれのタイトルがちがえば、作品の世界もびみょうにちがってくるということなのでした。わかりやすい例でいえば、この作品の前に「美しい森にて」という題を置いた場合と、「青春」という題を置いた場合とのちがい、ということになるのでしょう。前者はわりあいこの作品を素直に受け取ることを要求していますし、後者の場合は、少しひねって、あるいはほとんど逆説的に読んでほしいといっているようです。ですから、こういうことを考えてみると、詩の題をつけるということは、なかなかたいへんなことだということがわかります。下手をすれば、たとえ本文の内容がすぐれたものであっても、題のつけかたに失敗すると、その作品の魅力が、半分にもそれ以下にもへってしまうかもしれません。本文を生かすも殺すも題のつけかたしだいだといったら、多少いいすぎになるかもしれませんが、そういう場合だって、現実にはかなりあるのではないでしょうか。

b

でも、題というのは、いったいなんなのでしょう。題は題だから題なんだ、というのでは答えになりません。あるいは、題は昔からつけることにきまっているのだから、そんなことを考える必要なんかないという意見の人もいるでしょう。

けれども、いまわかったように、題のつけかたひとつで、作品の味わいがいろいろに変わるのだとしたら、いい題をつけるためには、やはり題とはなにかということを、きちんと頭のなかで整理しておく必要があると思います。題の正体がわからなくても、もちろん題をつけることはできますが、それはちょうどカメラの構造や、原理を知らなくても写真が撮れるようなもので、たとえいいものができたとしても、それは偶然の結果でしかありません。

さて、それならば題というのは、ほんとうになんなのでしょうか。このことを考えるためには、私たちがはじめて題というものと向き合った頃にまで、時間をさかのぼってみる必要があるでしょう。なぜならそのときに私たちは、たぶん理論的にではないでしょうが、ばくぜんと題というものについて、自分たちなりの理解をしたはずであり、その理解の内容を、ほとんどの人が今日までひきずってきているはずだからなのです。

たいていの人が題というものを最初に意識したのは、たぶん小学校の教室であったろうと思います。もちろんそれまでにも、たとえば絵本には必ず「桃太郎」であるとか「ピノキオ」であるとかといった題がついていますから、題というものがあることは知っていたにはちがいないのです。けれどもその知りかたは、あくまでも自分とはあまり関係のないこととして知っていたわけであり、小学校の教室で先生から「ぼくのお父さん」だとか「わたしのお母さん」だとかいった題で作文を書くようにいわれたときの題の知りかたとは、ちがうわけです。「ぼくのお父さん」「わたしのお母さん」という題を出されて、はじめて題というものの持つ意味を、その人なりの理解から、「桃太郎」でもなく「ピノキオ」でもない、自分だけの文章にふさわしいものとして受けとめたはずなのです。

まわりくどいいいかたになりかけましたが、とにかく私たちがはじめて題に出会ったときは、「ぼくのお父さん」であれ「わたしのお母さん」であれ、題はいつも「問題」としてあったということがいえると思います。先生が教室で出すからには、それはもう「問題」以外のなにものでもないわけですが、そういう意味からでだけ「問題」といったわけではありません。べつに先生から「ぼくのお父さん」という題が出されなくても、宿題の自由作文にそういう題をつけて提出することは、よくあることです。そしてこのとき、「ぼくのお父さん」と題をつけて出した生徒にとっても、この生徒が自由につけたものではあるのですけれども、しかしそれは教室で先生から出された題と同じように、その題もやはり本人にとっては「問題」であるということをいいたいのです。

つまり私たちは小学生から中学生にかけて、あるいはあなたがたのお兄さんやお姉さんなら、たぶん大学生になっても、題というものが「問題」のことだと理解して、文章や詩を書いているのではないでしょうか。自由に題をつけるときにも、まず「ぼくのお父さん」という題を自分が自分に、「問題」としてあたえてから、自分なりの魅力的な正解を文章や詩にしていくというやりかたです。

みなさんもよくご存じのように、俳句には季語をつかうという約束事があります。

水打つや恋なきバケツ鳴らしては

この句は、私の友人の大串章という俳人の作品ですが、この場合でいえば、季語は「水打つ」であり、季節は夏ということになります。俳句の専門家のあいだでは、この季語というものをいくつかあらかじめきめておき、そのいくつかの季語を必ず句のなかによみこんで、おたがいの句のできをきそうということをよくやっています。つまり、このときの季語はやはり一種の「問題」であるわけですが、私たちもまた、こういうことと同じように、題を「問題」としてとらえ、ひたすらその正解を文章や詩につづることをやっているように思うのです。とはいっても、べつにこのことがいいとかわるいとかいうつもりはありません。題が「問題」としてしかはたらかない文章だっていくらもありますし、現にいま私が書いているこの文章の題などは、その典型的な例だといってもいいでしょう。でもここでひとつだけいっておきたいことがあるとすれば、それは世の中の題というものが、すべて「問題」なのだろうか、ということです。私たちはあまりにも題を「問題」としてつかまえることに慣れてしまっているので、他人の作品を続むときだって、ついそういうふうに読んでしまうのですが、はたしてそれは正しいことなのだろうか。そういう疑問から、この文章は出発しているのです。

c

詩の題の場合には、とくにそういう疑問が強く湧いてきます。その理由を説明するためには、あらためて詩とはなにかという、それこそ大「問題」を考え抜かなければなりません。しかしここでごく簡単に私の疑問の根を洗っておけば、それは次のようなことになると思います。

二十歳を少し過ぎたころから詩を書きはじめた私は、そのころからずっと、詩は発見でなければならないと思っていました。いいかたを変えれば、いつもフレッシュでなければならないということです。たとえ手さぐり的にでもいいから、自分にとって、おおげさにいえば世界にとって未知であるものを、言葉の力で私たちの理解できるところにまでひっぱり出してくること。これが詩を書くことの面白さでもあり、またつらいところでもあるというぐあいに、私は自分の詩に対する態度を、はじめからきめていたような気がします。

ですから、私が詩を書くときには、いつでも自分にとってなんだかわからないものを相手にして、うんうんうなっているわけです。たまたま同じような詩をいくつも書いてしまうことはありますが、それはきっとそのなんだかわからないものが、私の言葉の力ではどうにもなりそうもないので、何度もチャレンジしてみた結果、やはり同じようなところではねとばされてしまったということになるのでしょう。

それはともかく、私はいつもそんなふうに詩を書いてきましたので、あらかじめ自分に「問題」を出しておいて、それからその内容について考えるということは、いくつかの例外はあるにしても、ほとんどしてきていません。「愛について」だとか「友情について」だとかといった、ばくぜんとしたテーマを課したということも、ほとんどないのです。もちろん詩を書きたいという気持になるときは、ちょっとしたきっかけがあるものですが、そのきっかけを直接、詩の世界に持ち込むというようなこともありませんでした。長谷川龍生という詩人が最近、「直感こそ方法だ」というような意味のことをいっていますが、私の立場もそれに近いような気がします。

そしてこのとき、なんだかわからないものを言葉の力でひっぱり出してくるということの意味は、そのなんだかわからないものの正体をあばくということではないのです。なんだかわからないものを、わからないそのままに、自分の言葉で書きとめてしまうとでもいえばいいのでしょうか。とにかく、いままでは、自分に見えなかったものを、詩を書くことで見えるようにするというのが、詩を書くときに私がねがう最も大きなことなのです。

ですから、詩を書くときの私の態度は、どうしても「問題」に対して答えを書くという態度には、つながってこないわけです。そういういいかたでいうならば、私の詩は自分にとって、いつも「問題」そのものであるような気がします。「問題」を「問題」としてはっきりさせるために、詩を書いているようなところがあるわけです。

したがって私の詩における題は、決して「問題」ではあり得ないことになります。むしろ「問題」は本文のほうなのですから、それにもうひとつ「問題」をつけたすとしたら、結局のところなにがなんだかわからなくなってしまうからなのです。

では、私の詩における題とはいったいなんでしょうか。それはおそらく、こういう場合にふつう考えられるように、本文の要約、すなわち私の詩でいえば「問題」の所在を短い言葉であらわすことではなくて、むろん直感的にではありますが、本文という「問題」の「解答」、あるいは「解答」

への道すじを示すなにかなのではないかと考えているのです。

立場のちがうところで詩を書いている人もたくさんいますが、しかし立場がちがっているとしても、私にとってのよい詩とは、よく調べてみると、題と本文との関係は、ほとんどこのようなものであるということを最近知りました。つまり私たちが小学生時代から親しんできた題と本文との関係は、このように見てくると、まったくひっくりかえってしまう場合もあるということなのです。とくに詩においては、そうした傾向が強いようで、ここらあたりのことも、詩と他の文学をわけるひとつの特徴になるのかもしれません。その証拠には、題名のない小説はありませんが、題名のない詩、つまの「無題」という題もついていない詩は、私が知っているだけでも、嵯峨信之とか那珂太郎とかいったすぐれた詩人たちが、これまでにいくつも書いています。これは私流にいうならば、ほんとうに題がつかないから、題をつけてないのです。本文ではっきりさせた詩人の「問題」が、あまりに謎を含みすぎていて、「解答」はおろか「解答」へのおぼろげな方向すらも決めかねたがために、ついに題をつけることが不可能だったと解釈すべきでしょう。

みなさんがこれから詩を書く場合には、できればこのような題のつけかたをしてみることをおすすめします。そのまず第一歩としては、ノートや原稿用紙にまず題から書きはじめるのではなくて、本文を完成させてから題を書くようにしてみたらよいと思います。たとえはじめから題がきまっているにしても、本文をしあげたあとでは、その前とだいぶちがいますから、ひょっとしてはじめにきめておいた題よりも、もっとよい題を思いつくことがあるかもしれません。そういう練習をつみかさねることによって、みなさんにも自分にしか書けない世界が、だんだん見えてくるようになるのだと思います。

長々とつまらないおしゃべりをしてきましたが、最後に私がはじめのところで出しておいた「問題」の「解答」(?)を発表して終わりにすることとしましょう。詩人はこの作品に「老人について」という題をあたえています。「なあんだ」というみなさんの顔が目に見えるようですが、一見何でもないようなタイトルですごい詩を書くのが、川崎洋という詩人であることも、この際に覚えておいてほしいことのひとつなのでした。

では、またお会いする日まで。ごきげんよう、さようなら。

プライド

鴻巣友季子

十年ほど前、古典文学の映画化ブームがあった。ヘンリー・ジェイムズなど大文豪の作品が次々と映画になり、その波にのってアメリカの老舗ペンギンブックスが、古典名作を復刊させたり、新規でとりいれたりし、あと四半世紀はラインアップに困らないと豪語していたのを思いだす。

先日、久しぶりに文芸映画の試写を観にいった。ジェーン・オースティンの小説を原作にした映画「プライドと偏見」だ。原題は、Pride and Prejudice。最初のprの音がアリタレーション（頭韻）をふんで、小気味のいいリズム感と軽妙さを醸《かも》し、作品のエッセンスやオースティンらしさを伝えている。

この題名を日本語に訳すのはむずかしい。歴代の訳者の方々の苦心も想像にかたくない。これまでは『高慢と偏見』『自負と偏見』のふたつが主で、prideをカタカナのままにしたのは、今回の映画が初めてではないだろうか。「プライド」はもはや日本語になっている語なので、あまり違和感はないかと思うが、そこをなんとか二語とも漢字二字で訳せないものかと、仕事でもないのに懸命に考えたりするのが翻訳職人である。よせばいいのに、また余計な寄り道をする。

まずは「気位」と訳したらどうか？　と思ったが、いや、これじゃ、「あの人は気位が高くってよ」みたいなしゃべり方をする日本近代文学っぽい。ボツ。

「自尊心」にしたらどうか？「偏見」と並べて、「※ん※ん」というリズムと韻をあわせたつもり。しかしなあ、「自尊心と偏見」なるタイトルで、読みたくなる小説好きがいるか？　お堅い心理学書かなにかに見えてしまう。

では、「思いあがりと思いこみ」とか。まあ、「思い」と頭韻は踏んでいるが、面白味、文学味に欠ける。

いっそ「おごりと食わずぎらい」は？　おごってやると言う男と、食べもしないで厭がる女の奇妙な戦いを乾いたタッチで描く。そうじゃなくて。

やはり簡単にはいかないのだ。ということをわかるために、またまた半日ぐらいつぶしてしまった。ああ。

気を取り直して試写の話だ。

その日は上映の前に昼食をかねた打ち合わせがあり、ワインを少しだけ……と思っていたところ、ラングドック地方のちょっと珍しいロゼワインをリストに見つけ、思わずフルボトルで注文してしまった。

「さ、もう一杯どうぞ」「いえ、後に仕事がありますので」「まあまあ」「いえ、そんな」などと言っているうちに一本空いてしまった。試写室の暗闇に座ると、さっそく心地よい眠気が襲ってくるではないか。まずい。文芸映画というのは、だいたい画面が重厚な感じで、展開がスローで……。

ところが、オープニングでの緑滴るイギリスの田園風景から、ベネット家のかまびすしい情景が映しだされたとたん、眠気など吹っ飛んで、終始映画に引きこまれた。

オースティンの小説には、驚くべき成熟がある。一八世紀の末に、彼女ほど成熟した作品を書いた女性作家がどれだけいたろう。男女の恋愛と結婚の「内実」をいち早く書いたのは、イギリスの女たちだ。オースティンの後には、ジョージ・エリオット、シャーロット、エミリー、アンのブロンテ姉妹などが続いた。

それまで男性作家が結婚のことを書くときは、たいてい喜劇や悲劇の道具立てか、風刺劇やメロドラマの味つけで、ありそうにない駆け落ち婚や取り違え婚などが描かれた。オースティンはリアルな男女の洞察にあふれたお話を、余裕しゃくしゃくの筆致で書いた。妙にフェミニズムっぽくならなかったところが、かっこいいのである。

そして二一世紀にジョー・ライトが監督した「プライドと偏見」もすばらしく成熟した映画だっ

た。群像劇のなかでも、知的な次女エリザベスと高飛車な資産家ダーシーの関係に焦点を絞ったところがモダンだ。イギリス特有の通り雨を二度ほど使ったのも効果的。そういえば、オースティンの『分別と多感』を映画化した「いつか晴れた日に」でも、雨は恋の行方を何度か左右した。木の間からそっとカメラが移動して湖ごしに屋敷をとらえるといったナイーヴな視線も、エリザベスの不安を映しだすようでよかったし、傷心の彼女が海景色を前に岩壁に立つ壮大なシーンなんかは、鈍重な文芸映画でやられると「あちゃあ」という感じだろうが、そんなところまで洒落っ気があるように見えた。

つまりは、オースティンの遊び心をみごとに表現している、と感じた。ライト監督はこの映画を撮るために初めて原作を読んだそうだ。映画と小説の幸せな出逢い。

終映後に、東銀座の街へ出ていくと、初春の歌舞伎座の華やぎが目にすがすがしい。やっぱり、この映画の邦題には「プライドと偏見」がいちばんかな、と、軽くなった気持ちで考えた。

翻訳小説のタイトルについて考えてみた

高橋良平

外見、ソトミが好きだ。ナカミはいったい何だろうなどと推し量るのは疲れるし、ナカミが良ければ、外に出てくるはずだ。ボロは着てても心は錦、なんて、判る人は理解してくれるなどという傲慢な態度は赦せない。第一印象や外見で判断することを大切にしたい。だから、タイトルに気をつかう心が、好きだ。

映画のタイトルにしても、〝ワーテルロー橋〟に『哀愁』と邦題をつけたり、〝ナイト・ポーター〟を『愛の嵐』と変える気のくばり方がいい。もちろん、これは映画がヒットするのを願ってのことなのだが、観るお客への親切心が感じられる。いちいち題名を挙げるのも面倒なくらい、最近では原題をそのままカタカナに変えただけのものが多すぎる。邦題をつければいいというものではないが、そのあたり、関係者には一考をお願いしたい。もっとも、洋ピン、洋画ポルノみたいになったら、考え込んでしまうのだが……。

さて、翻訳書、それも小説のタイトルのつけ方について眺めてみよう。題名には、オリジナル・タイトルがあるのだから。そこには名訳、直訳、意訳が生まれてきて、なかなか面白い。タイトルだけで判断して買う読者もいるから、出版社も真剣に考えて（つまり売れるように）つけているのだが、結果としては面白いケースがいくつもある。

まずは、原題もよくて、それを訳した邦題も良いもの。『太陽の黄金の林檎』『メランコリイの妙薬』『たんぽぽのお酒』『とうに夜半を過ぎて』など、ブラッドベリのものはたいてい素敵だが、極めつけは『十月はたそがれの国』だ。“The October Country”という原題もポエティックでよい。他にも、ラインスター『宇宙《そら》行かば』（Men into Space）、ブラウン『発狂した宇宙』（What Mad Universe）、ハミルトン『天界の王』やスタージョン『夢見る宝石』、ボーモント『夜の旅その他の旅』、ディック『アンドロイドは電気羊の夢を見るか?』、ハインライン『愛に時間を』、ベイリー『時間帝国の崩壊』、ブレイク『野獣死すべし』、チャンドラー『長いお別れ』、マクベイン『たとえば、愛』（Like Love）、パーカー『初秋』などなど、挙げていけばキリがない。

出版社や翻訳された時代の違いといった事情により、同じ本でもタイトルの違う例がある。有名な例では、ブラッドベリ『火星年代記』＝『火星人記録』、ストーカー『吸血鬼ドラキュラ』＝『魔人ドラキュラ』、ソコローワ『旅に出る時ほほえみを』（原題に忠実）＝『怪獣17P』、オールディス『グレイベアド』＝『子供の消えた惑星』、クレイメントー『重力の使命』＝『重力への挑戦』、ベスター『破壊された男』＝『分解された男』、アシモフ『宇宙気流』＝『遊星フロリナの悲劇』、ブラウン『天の光はすべて星』＝『星に憑かれた男』、ハインライン『メトセラの子ら』＝『地球脱出』、ハメット『血の収穫』＝『赤い収穫』、ヴィアン『日々の泡』＝『うたかたの日々』、とまあ、それぞれ理由があり、苦心のほどもうかがえて、面白い。小説が映画化された際、それに合わせて再刊される場合など、通常、映画タイトルに合わせてしまう例もよくある（『ローガンの逃亡』→『二三〇〇年未来の旅』）。特異な例として、ベスターの同一作品に『虎よ、虎よ！』（早川版）と『わが赴くは星の群』（講談社ＳＦシリーズ・絶版）と、異なるタイトルがつけられたものがある。訳者は同じ。またディックにも『太陽クイズ』と『偶然世界』と同じ出版社の旧版と文庫版で違っている例がある。理由は簡単だ。海外の作家は、日本ではまあ考えられないことだが、版が変わる際に題名まで変えてしまうことがよくあるからだ。イギリス作家のアメリカ版、アメリカ作家のイギリス版で、同じものなのにタイトルが違う。『虎よ、虎よ！』『偶然世界』はイギリス版のタイトルで、出版社はそちらの方を採用して訳題にしたのである。また雑誌連載時と単行本になった時に、タイトルを変えることもよくあるが、概して雑誌版の方はよいものがなく、採用されることも少ない。

原題と邦題が違う例は短篇集の場合にはよくあり、それは原題のスワリが悪かったりして、収録作の中から、代表する作品、知名度の高いものなどが選ばれる。ブラウン『スポンサーから一言』(Honeymoon in Hell)、ベスター『ピー・アイ・マン』(The Dark Side of the Earth)、バラード『死亡した宇宙飛行士』(Low-Flying Aircraft)、などが例。

日本サイドの理由でタイトル変更されるケースの、短篇集に続いて多いのがシリーズもので、全体の統一をはかってしまう。ドナルド・ハミルトンの〝マット・ヘルム(部隊)〟シリーズ、ハワードの〝コナン〟ものなどが代表的な例だが、ディック・フランシスの〝競馬〟シリーズとなると『興奮』『大穴』『血統』といった具合で、全て漢字二文字の競馬用語でキメてあり、気持がいい。次はどんなタイトルがつくのかという興味もわく。これは原題も一語か二語で同じくビシッと決めてあるからなのだが、日英同盟と呼びたいほど呼吸が合って、素晴らしい。

単独の長篇でタイトルが変更される場合は、どうも原題をそのままもってきてもサマにならない場合だ。ここでは、いわば訳注つきのタイトルとか、思いきった意訳というテクニックが使われる。今までの例はSFやミステリなどエンタテインメントだったが、メインストリーム、日本でいえば純文学にも、けっこう変更されるケースが多い。バーガー『危険な隣人』(Neighbors)、コーエン『歎きの壁』(Beautiful Losers)、コンロイ『彷徨』(Stop-Time)、マラマッド『汚れた白球』(The Natural)、サリンジャー『ライ麦畑でつかまえて』(The Catcher in the Rye)、フリードマン『スターン氏のはかない抵抗』(Stern)、バース『旅路の果て』(The End of the Road)、ロス『乳房になった男』（The Breast）、『素晴らしいアメリカ野球』（The Great American Novel）、コージンスキー『異端の鳥』（The Painted Bird）、『異境』（Steps）、『預言者』（Being There）などである。

いかにもそれらしいタイトルをつけるというのは、けっこう楽しいもの、スペース・オペラや冒険小説などハデ目をねらう。最近の傑作はファーマーの〝リバーワールド〟シリーズで、一作目が訳し難く『果てしなき河よ我を誘え』としたものだから、三作目“Dark Design”が『飛翔せよ、遥かなる空へ』なんて勇ましいものになってしまったのである。

ともあれ、編集者、訳者が一生懸命考えて決める翻訳書の訳題、羊頭狗肉なこともあるけど、タイトルが気に入って読んでみるのも、読書の娯しみのひとつなのである。

字幕と題名

戸田奈津子

映画の題名は非常に大事で、観客を「誘いこむ」題名もあれば、観客を「遠ざけてしまう」題名もある。

字幕翻訳者が映画の題名をつけているという誤解が多いが、私たちが題名まで考えることはない。それは映画配給会社の宣伝部の仕事で、字幕翻訳者の畑ではないのである。たいていは宣伝部が頭をひねって、いくつも候補題名を考え、会議で決めているようだが、ときにはワンマン経営者が「これにしろ」と独断で決めることもある。題名に困って社内で応募作品をつのり、賞金を出したという会社もあったと聞いている。

宣伝部から「なにかいい題名がありませんか」と言われた場合に、ときどき考えることはあるが、本当にむずかしい。だが「題名は宣伝の第一歩」というのがこの業界のセオリー。記憶に新しい例では『氷の微笑』が秀逸だった。内容を的確に伝えていて、ミステリアスに観客の心をとらえるうまい題名であった。原題は“BASIC INSTINCT”（根源的な本能）といい、英語の音の響きはいいのだが、日本語にしてしまうと、とても映画の題名にはならない。

感心するのは、この題名が完成フィルムの到着するずっと以前に、すでにつけられていたことである。通常は映画を観たイメージをもとに考えるのに、映画を観ず映画にぴったりの題名を考えたというのはたいしたものである。この映画が大ヒットした要因の一つは、この題名のおかげと言っても過言ではないだろう。

その反対に、一生懸命字幕をつけた映画なのだから、もう少し知恵をしぼった題名をつけてほしかったと、陰で残念に思う作品もある。『テルマ＆ルイーズ』は女性同士の友情を描いたたいへん楽しめる作品だったが、原題どおりのこの日本題名は正直にいって客の好奇心を刺激するものではない。その昔、やはり二人の人物の名前をタイトルにした『ボニー＆クライド』は『俺たちに明日はない』という日本題名が付けられた。これがよいかどうかはともかく、日本の観客にはどういう映画か、ある予感を与えてくれる題名だった。『テルマ＆ルイーズ』は観た人の評価は高い映画だったから、いい題名を考えていれば、もっと観客を呼べたかもしれない。

しかし、たいていは結果論のまかり通る世界で、ヒットすれば「題名がよかった」、コケれば「題名が悪かった」ということになる。勝てば官軍。試写を見てピシャリといい日本語題名のひらめく人がいたら、プロとして大変なものだ。

『勝手にしやがれ』はいまふりかえっても、非常に大胆な題名だった。フランス語の原題は“A BOUT DE SOUFFLE”（息のしっぽ）で、「息が途切れる」つまり死ぬということである。当時『勝手にしやがれ』は、題名づくりにさじを投げた宣伝部の気持ちではないか、無責任な題だ、などと陰口をたたかれたが、ヒットしたとたん、題名が斬新でよかったという評価に一変した。あの映画の成り立ちや時代を考えると、まことに正しい題名だったと言える。

日本人が大好きな『哀愁』も題名がよかったからで、原題の“WATERLOO BRIDGE”（ウァーテルロー橋）をそのまま題名にしたらなんの面白味もない。この映画の大ヒットで、柳の下のどじょうをねらった『悲愁』とか『旅愁』とか「愁」をつけた題名が一時大いにはやった。

最近では『愛と青春の旅だち』がヒットし、たちまち右へ習えで『愛と喝采の日々』『愛と追憶の日々』『愛と哀しみの果て』『愛と哀しみの旅路』等々が登場。どれがどの作品だか区別がつかないほどになってしまった。

また十文字前後の長い題名が当たるといって、ゲンかつぎのあやかりでつけられたものもある。『みじかくも美しく燃え』『禁じられた恋の島』『小さな恋のメロディ』などがいい例である。

ボー・ヴィーデルベルイ監督のスウェーデン映画『みじかくも美しく燃え』の原題は、主人公のサーカス芸人の娘の名前“ELVIRA MADIGAN”だが、日本題名は岩谷時子さんがつけたと言われている。詩人のセンスが光っているが、映画会社によっては、日本語題名を逆翻訳して、本社のOKを得ねばならない場合がある。ロマンチックな日本語が“BRIEFLY, BEAUTIFULLY BURNT”と訳されたのではなんのことやら訳がわからず、「この題名はなんだ。変えろ」と言われること必至である。

最近はアイデアが枯渇したのか、たんに宣伝部が労惜しみをしているのか、原題をそのままカタカナに置きかえるケースが非常に多い。

『ワンス・アポン・ア・タイム・イン・アメリカ』という映画があったが、これが日本語の映画の題名だろうか。ポスターにタイトル文字を収めるのにも苦労するような長い題名で、むろん新聞の劇場案内の小さな欄には収まらない。

『フィールド・オブ・ドリームズ』も一度は「とうもろこし畑のキャッチボール」という日本語題名が考えられたが、話が小さくなってダサいという理由で採用されなかったそうだ。たしかに中学生にもわかる単語ではあるが、もう少し頭をひねってもよいのでは、と傍目に思う。

英語にかなり堪能でないと、まったく意味をなさない題名もある。『レイジング・ブル』とはなんのことか。リングで死闘をくりひろげる主人公を観れば、「怒れる雄牛」のあだ名がつくのももっともと理解できるが、映画を観て題名の意味がわかるのでは遅い。ロバート・デ・ニーロの迫真の演技をもってしても、興行成績をあげることはできなかった。

『ショート・サーキット』という映画が公開されたときは、エンジンの爆音も騒々しく、皮ジャンにオートバイの暴走族チームが、初日の劇場前に乗りつけた。この映画は、愛嬌のあるロボットの配線に短絡（ショート・サーキット）が起こり、ドタバタ騒ぎに発展するという軽いコメディであったが、彼らはこの題名からオートバイ・レースの映画だと勘違いしたらしい。まあこれは、たんに彼らがそそっかしかっただけの話であるが……。

アル・パチーノが念願のアカデミー主演男優賞をとった『セント・オブ・ウーマン』も「セント」が「香り（scent）」のことだと何人がわかるだろう。映画会社も心配になったのか、「夢の香り」と副題をつけたが、私の友人で日本語の上手なイギリス女性は、「〝セント・オブ・ウーマン〟って「女湯」のこと?」と皮肉をとばした。

『ダイ・ハード』は「ダイ」も「ハード」もみなが知っている単語で語感も悪くなく、そのまま使われた題名だが、「壮絶な死に方」のようにイメージするのは間違いで、「なかなか死なないやつ」というのが正しい解釈である。

『ダイ・ハード』が大当たりして「パート2」ができたときの予告編のキャッチ・フレーズは“DIE HARDER !”。あのヒーローは「もっと死なないやつ」になったわけで、英語では大笑いなのだが、比較級のない日本語ではこのジョークは通じない。

なにはともあれ、映画は水もの。当たるか当たらないかが難なく読めるのなら宣伝部はいらない。

『ゴースト』や『ボディガード』のように、予想をはるかに超えてヒットするものもあれば、こちらは枚挙にいとまがないが、優れた内容でありながら寂しく消えてゆく映画もある。その分かれ目をつける一つが日本題名である。字幕翻訳者は自分が担当した映画にどういう題名がつくか、いつも気にしている。

たかが題名

紀田順一郎

瀬戸川猛資の『夢想の研究』（早川書房）は、純文学、ミステリ、映画といったジャンルを自在にクロスオーバーさせながら、オタクっぽい専門家や読書人の気づかない視点を提供した快著だが、その中に翻訳書における映画題名訳のいい加減さをヤリ玉にあげた章がある。著者がジャック・アーリーの『9本指の死体』というミステリを読んだところ、〈最近、ある女性容疑者に、リチャード・コンテという昔の映画俳優に似ていると言われた。その夜、早速、ビデオ・ショップで『ハウス・オブ・ストレンジャーズ』を借りてきたが、確かに彼女のいうとおりだった〉という訳文が飛び出してきたので、「舌打ちして腹を立て、読みつづける気が失せた」という。

『ハウス・オブ・ストレンジャーズ』といえば、最近物故した名監督マンキウィッツの名作で、わが国にも昭和二十五年に『他人の家』という邦題で公開されている。「したがって、そのようにきちんと記さなくてはいけない。でなければ翻訳とはいえない」……。

ワイラーの名作『我等の生涯の最良の年』を『人生最良の時』とやらかしたという例もあるそうだが、著者によればこれらは「映画の題名なんて下らないものはどうでもいい」という意識の表れで、映画を単なるメディアとしてしか見ていない視野狭窄が不愉快であるとする。たしかに、アメリカの小説に映画題名が頻繁に登場する文化的意味に気づかないようでは、翻訳者失格といわれても仕方がない。

かくいう私も、この種の誤りを見つけるとブン投げてしまう口である。二十代の半ばごろヘンリー・ミラーの『わが読書』を、その第一ページから感動に襲われつつ読み進んだはいいが、ライダー・ハガードの代表作を論じている個所に至って呆然とした。なんと、『彼女』と訳されていたではないか。

ソリャたしかに原題は『ＳＨＥ』にちがいないが、昭和三年、改造社版の平林初之輔訳以来『洞窟の女王』で親しまれてきた名作を、いまさら『彼女』でもあるまい。現に戦後も『わが読書』の出る五年前に大久保康雄訳、四年前には大木惇夫訳がそれぞれ『洞窟の女王』の題名で刊行され、評判になっていたものだ。

そんな『わが読書』を読み続けるために、私がいかに気力をふり絞らなければならなかったか、いうだけ野暮というものだろう。なにしろ「大衆文学なんて下らないものはどうでもよい」という意識が見えすいているのだから。ミラーの原著が純文学、大衆文学、児童文学などというケチなジャンル分けを超越し、自在に読書空間を遊泳するという趣旨のものだっただけに、一層致命的に思えたものだ。

この本は数年後に個人全集の一冊として再刊、版を重ねたが、この個所はついに訂正されなかった。まさか訳者の信念ではあるまいが、真相は案外これに気づく読者が一人もいなかったということではあるまいか。瀬戸川氏も指摘していることだが、どうも日本では漱石の読者はミステリや映画に鼻も引っかけず、その逆も真なりといったタコツボ現象が存在するからである。いったいミラーは日本では理解されたのだろうか？

忘れられなかったり、恥じ入るばかりだったり

樋口至宏

　烏丸の紫明通りを上がった西側に至成堂という洋書専門の本屋さんがあった。今もあると思う。河原町三条を下がれば東側に丸善があったけれど、品ぞろいと小回りのよさとではだんぜん至成堂で、仕事で必要な本はここで買うことが多かった。ネットで直接ドイツの出版社や書店から取り寄せることができる今と違って、五十年も前は気長に待つのを楽しみにする必要もあった。至成堂はとくにドイツ語関係の本が充実していた。すぐ北側が大谷大学で、書店を出たあとぶらぶら構内を散歩したものだ。小さな大学の良さが十分味わえる佇まいがあった。それがとても心をなごませる。

　あれほどいろいろ便宜を図っていただいたのに、申し訳ないことに今はもうその名も思い出せない至成堂のDさん、ごめんなさい。とりあえずDさんと記すのはドイツ語のDからである。Dさんは書物のスペシャリストで、本の購入や資料の相談に快く応じてくれた。購入する予定もなくた

だ新刊の装幀に行きづまり、洋書のデザインを眺めてアイデアを練るために利用することもあった。そういうときのDさんは、眼があってもこちらが首を横に振るだけで意図を察してくれた。それだけではない。本のタイトルに迷ったときに洋書の題名を参考にするためだけに行くことがあった。

一九八六年秋、北海道大学で開かれた日本独文学会で「出版社と作家たち――二〇世紀ドイツの場合」というシンポジウムが行なわれた。この成果を本にしないかという企画が持ち込まれた。内容は、二度の世界大戦を体験し、激動の時代を過ごしたドイツ、そのドイツの言論界の動きを出版文化という視点から検証したものである。時代に翻弄された作家たちの動向も詳しく語られている。出版することに異存はなく、シンポジウムの発表をもとに原稿を書きおろしていただくことになった。

順調に原稿が出来上がり、本の形は見えてきたがタイトルが見えてこない。気分転換も兼ねて至成堂に行く。棚に並んだ洋書のタイトルを乏しい語学力で一つ、また一つと読む。横文字を読んでいるといつの間にか顔まで横になる。眼が横になるわけでもないのに、そうする方が読みやすいのか、自然にそういう体勢になってしまう。首が固まってくるほど眺めたがイメージはぷくっとも湧いてこない。Dさんに頼んで、第二次大戦前後について書かれている本のカタログやリストも見せてもらう。これは横書きだから顔を横に曲げずにすむ。首は疲れなかったが収穫もなかった。D

さんが淹れてくれた珈琲を飲みながら雑談をしてから、大谷大学の正門前を通って烏丸車庫の停留所まで歩いた。歩きながらタイトルを考える。洛東の「哲学の道」という言葉がなぜか何度も頭をよぎっただけだった。

時間が過ぎていくのを座視しているわけにもいかず、思いついたいくつかの案をメモって著者たちと相談する。「焚書の時代の言論界」「第三帝国下の出版人と作家たち」「国内出版から亡命出版へ」「二〇世紀、負の時代を生きた出版人」と候補を並べてみるが、どうもすとんと落ちない、しっくりしないのである。インパクトもない。もやもや感がぬぐえない。三人寄れば文殊の知恵なのに五人も集まってもタイトルは決まらず、あなたに一任すると言われ憂鬱になるばかりである。ふたたび気分転換の至成堂通いである。「ヒトラー」の背文字がある大判の写真集を棚から取り出して映像を何らかの言葉に変えてみようと試みる。めくっていくと一枚の写真が強烈に自己主張をしてきた。その写真には「ヒトラー五十歳の誕生日を祝ってパレードを行なうナチス親衛隊」というキャプションがついている。ということは一九三九年四月のベルリンの写真である。大通りを行進する親衛隊の後方にブランデンブルク門が見える。この写真を見つめていると言葉が固まってきた。本の題名『ナチス通りの出版社』がぷくっと浮かび上がったのだ。

こうして本は出版にこぎつけることができた。シンポジウムの年から三年もたった五月のことである。幸い本は好評だった。日本出版学会賞の佳作になるというおまけまでついた。それにしても

Dさんの名前がどうしても思い出せないのが悔しい。

『ナチス通りの出版社』の出版から七年後、その時はもう信州で暮らしていたが、ひさしぶりに大谷大学の構内にいた。一九九六年の秋季独文学会が大谷大学で開かれ、『ナチス通りの出版社』の著者のうち二人の先生の発表を聴くためである。シンポジウムのタイトルは「ドイツ文学とアメリカ」だった。シンポジウム終了後ゆっくり話す時間もなく失礼したのは、ほかに約束があったためである。その頃「女の創造力」というシリーズで、ドイツ語圏の現代女性作家たち何人かの小説を紹介する企画を始めようとしていた。作家も女性、翻訳者も女性という企画で、学会に参加する予定の女性ゲルマニストたちに声をかけていた。すでに薄暗くなり明かりがともった大谷大学の講堂の前で落ち合った。

この夜から始まった企画は二〇〇〇年五月に最初の成果を生み出す。その後シリーズはゆっくりしたペースで進み、二〇〇三年の年末の慌ただしい時期を迎える。エルフリーデ・イェリネクの作品が最終コーナーにかかっていた。だが長いあいだ議論され続けていたが、肝心の題名がまだ決まらない。ドイツ語のタイトルはLust、ごくありきたりの言葉で、辞書を引けば「欲求」「快楽」「楽しみ」「歓び」といった語が並ぶ。ドイツではベストセラーになり、そのポルノ性も話題になった作品である。男性中心の暴力的な性的関係が延々と描かれるこの作品に相応しいタイトルはどこかに息を潜めているはずだった。「快楽」では平凡、「快楽《けらく》」と読ませれば武田泰淳。この小説が抱え込んでいるポルノ性を含みこんだタイトルを何とか表したい思いは訳者たちも共通である。心せく日が続いた。

運命は新宿の夜に起こった。東口の喫茶「談話室」の地下奥まった一郭での何回目かの会合のとき、口から洩れた言葉は「したい気分」だった。状況は恐ろしい。切羽詰まっていたとはいえ、雰囲気に流されて反対の声は消え入りそうにか細く、下品なものが最上のもののように錯覚され、ぴったりのタイトルだと感じられた。この感覚は本が出版されたあともしばらく続いた。しかしやがて逆転し、あっという間に目にするのも嫌なものに変わった。

吐き気をもよおすようなタイトルはこのようにして生まれた。いったん出版された本は消えない。書店の棚から消えても、出版社の倉庫からなくなっても、誰かの本棚の隅にあったり、図書館の奥まったところで生き残っている。やがてそれらが朽ち果てたとしても、国立国会図書館には残り続け、データ化もされてしまうのだ。

紫明通りを烏丸の交差点から東に数分歩くと賀茂川の堤に至る。その北側が出雲路松ノ下町で、かつて岡部伊都子さんが住んでいた。彼女のエッセイに「名の成りたち」というのがある。そこには、親の勝手で、子に失礼をおしつける最初が命名でしょう、というふうに親のある種の理不尽さが書かれている。編集者が本につけるタイトルも何と理不尽なことか。岡部さんに最後に会ったのは、京都を離れる年の春のことで、退職の挨拶を兼ねてだった。賀茂川堤の桜はまだ咲いていなかった。『したい気分』というタイトルに出会うたびに思いはまっすぐ岡部さんにつながる。

タイトル会議の風景

若林邦秀

書籍編集者として、駆け出しの頃の思い出である。

企画会議と並んで、いつもプレッシャーに感じていたのがタイトル会議だった。タイトル会議は企画会議のように定期的に開催されるものではなく、担当書籍の原稿が入って中身が固まりつつあるときに、そのつど編集長のW氏、先輩編集者のS氏との三人で行なっていた。

「本が売れるか売れないかはタイトルで決まる」というのがW編集長の持論だった。自分が本を買うときのことを考えてみると、著者やテーマで選んでいる。タイトルだけで買う、買わないを決める人がいるんだろうかと、はじめは半信半疑だった。

ところが、自社本の売れ行きを調べてみると、たしかに同じようなテーマの本なのに、タイトルの付け方で売れ行きに歴然とした違いが出ることがある。

当時、私が所属していたのは、一般書店の店頭に並べて販売される本ではなく、企業・団体に向けての職域専用書籍や、生協などのチラシ・カタログに掲載して販売する家庭向け直販書籍を編集する部門だった。

直販の読者は実際に本を手に取って内容を確かめてから購入するのではない。チラシやカタログで表紙の写真とともに、タイトルと短い内容紹介の文章だけを見て、購入を決めるのである。タイトル付けを何よりも重視する方針に、うなずけるところはあった。

タイトル会議はしばしば紛糾した。W編集長が、私の出した案になかなかＯＫをくれないのである。こちらとしては中身を熟知しているし、著者の思いも理解している。どういった読者に対して、何を伝えたいのか、最も理にかなったタイトル案を複数提示しているつもりだ。にもかかわらず、「よし、これでいこう」とはならない。

「どうしてダメなんですか」と尋ねると、おおむねこんな答えが返ってくる。

「う〜ん、なんか売れる気がしないんだよね」

おいおい、売れる気がしないって、こっちは売れるつもりでタイトル考えてんだよ、と言いたいところだが、ぐっとこらえてこう返す。

「じゃあ、どんな感じのタイトルにすればいいいんですか」

　するると、

「もっとさあ、読者が〝買いたい！〟って思うようなタイトルにしなきゃあ」

あのねえ、そんなことは言われなくたってわかっているんですよ。読者が〝買いたい！〟と思うだろうと思って提案しているのが、このタイトルなんですよ、と言いたいところだが、言ったところでまともに取り合ってもらえるとは思えない。

結局、「もうちょっと考えてみたら？」「はい、そうします」ということで、後日へと持ち越しになる。

数日後、また考えに考えたいくつかのタイトル案を編集長に提示する。それでも、「なんかパンチがないなあ」「どこにでもあるようなタイトルだな」「買わせるぞっていう気持ちが伝わってこない」と散々である。

ああでもない、こうでもないと検討を重ねるが、苦労して出した自分の案がことごとく否定されるから、私としては面白くない。

頭の中に汗をかきそうなくらいに会議が煮詰まってきたとき、W編集長がふと、

「こういうタイトル、どう？」

と代替案を出してくる。すると……

「！」

悔しいが、いいのである。精魂込めて原稿と向き合ってきた担当編集者よりも、中身にタッチし

ていないW編集長のほうがいいタイトルをつけられるということに対して、私のなかにはいつも何とも言えない理不尽さと敗北感が湧き上がるのだった。

当時（一九九〇年代半ば）、私は精神科医のY先生の本を何冊か編集していた。仕事や子育てのストレスとその対処法をわかりやすい読み物にした一般書を書いていただき、よい売れ行きを示していた。ちなみに、その中で最も売れたのは『もっと気楽に生きてみたら！』という本だったが、これも先述のようなやり取りを通して、W編集長が発案したタイトルである。

この種の本を他の著者でも出せないかと思ってアプローチしたのが、九大の心療内科で心理療法をされていたH先生であった。時間的な制約からH先生の単著は無理だったが、「二人の後輩との共著でもいいなら」という条件で執筆の了承をいただくことができた。

こうして、H先生ら三名共著の本が実現したのである。先生方の臨床事例をもとに、凝り固まった心がものの見方を変えることでやわらかく変化するためのヒントを次々と提供していく面白い内容だった。

問題はタイトルだった。テーマと読者層は、これまでに出してきたY先生の本などと、ほぼ重なる。タイトル案を考えていくと、どうしても前までの本と似通ってくるのだった。「心のコリがほぐれる本」「心がやわらかくなる心理学」などなど、さまざまな案を並べてみるが、例によって

W編集長は、「ありきたりで面白みがない」「もっと目を引くようなタイトルを考えないと」と、ダメ出しの連続である。

何度も会議を重ねた。同じ本のタイトルをずっと考え続けても、頭の中は飽和状態になる。正攻法でいっても、どうせ通らないんだから……と半分ヤケになって、突拍子もない案を織り交ぜたこともあった（幸い通らなかったが）。

そんなある日のタイトル会議。私もW編集長も、同席しているSさんも、もはや頭を絞り尽くして何も出ない状態だった。編集長が独り言を言うように、われわれに話しかける。「何か読者に、〝おやっ〟と思わせるようなフレーズがほしいんだよ。日ごろから目にしているとか、どこかで聞いたことがあるとか、そんな要素がちょっとでも入っているとタイトルをパッと見ただけで何かが引っかかるんだけどなあ……」

そのときだった。

「あっ！　こういうの、どう？」

と言って、W編集長はさらさらと紙にペンを走らせた。

「□い心を◯くする心理学」

う〜ん、と考え込んでしまった。たしかにインパクトのあるタイトルで、しかも本の趣旨にはピタリと合っている。がしかし、これはたしか車内広告なんかで見たことがあるような、ないような……。

そのことを伝えると、即座に却下された。

「〝心理学〟なんだから、ちがうだろ。イヤだというんだったら、君がこれよりも売れるという案を出してくれよ」

もはやこれ以上タイトルを考え続ける気力も体力も残っていなかった。ただ、そのままではどうしてもしっくりこないところがあった。そこで、助詞と動詞に手を入れて『□（しかく）い心が〇（まる）くなる心理学』にした。本のメッセージとしては、このほうが正確だ。こうして、三人の著者の了承も得て、正式タイトルに決まった。

いざ、ふたを開けてみると、『□（しかく）い心が〇（まる）くなる心理学』はよく売れて、チラシ・カタログ販売のみであるにもかかわらず、何度も版を重ねる商品になった。

内容は面白かった。編集にも情熱を傾けた。しかし、このタイトルなくして、ここまで売れることはなかったであろう。まさに「売れるか売れないかはタイトルで決まる」ことを思い知らされた一件だった。W編集長とは、企画や編集の方向性でぶつかることも少なくなかったが、タイトルのセンスとそこに懸ける執念（＝したたかさ）には毎度恐れ入るしかなかった。

名づけの機縁

石塚純一

出版社を離れてもうだいぶ経つが、「書名」をめぐる思い出といえば、『ぼくが医者をやめた理由』と『悪党的思考』の二冊が浮かぶ。すっかり忘れていたが、手元に並べて眺めると同じ年の春と夏に刊行した本。

編集者にとって新刊は生まれてくる子どものようだった。いろいろな屈折を経て次第に格好がついてくる。形が見えてきたころ書名を考える。名づけには気遣いが必要とされる。私が担当する分野はいわゆる人文書が多かったので、そんなに苦労することはなかった。著者が過去に書いた論文のタイトルを引き継ぐ場合も多い。しかし、この二冊は人文書の枠を超えたエッセイで、企画の成り立ちから私にとっては異色の経験だった。

『ぼくが医者をやめた理由』

著者の永井明さんは、東京医科大学を卒業し横浜の循環器系の病院などに一〇年間勤務の後、医者を辞めた。そして三人で編集プロダクション（翔洋社）を作り運営しつつ、ものを書き始めていた。永井さんとの縁は、そのプロダクションに勤める編集者Hさんを歴史学者の故網野善彦さんから紹介されたことがきっかけだった。Hさんに平凡社選書の企画などを編集してもらっていたある日、「うちの社長がこんなものを書いているんですが…。」と手渡された原稿が本書の元になったエッセイだった。

それはプロダクションの翔洋社が、病院向けに発行していた小雑誌『からだの手帖』に連載中の文で、広島光明著「病棟の四季」とあった。タイトルからして何だか暗そうで、読み始めるまで気が進まなかった覚えがある。しかし、読み出すと止められない。途中笑えるところも、涙をさそう場面もあり、現代医療の問題を声高に糾弾するわけではないが、それでいてこれでいいのかと考えさせられる内容だった。それに文章がとてもいきいきとしていたので、きっといい本になると確信した。永井明さんにお会いしたのは御茶ノ水駅の上にあった喫茶店「レモン」だった。

この本はすぐ早く出した方がいいと思ったが、当時私はシリーズや単行本の企画を抱えており、片手間にこの本を編集するのがしのびなかったので、文芸書に明るい編集者岡みどりさんに頼むことにした。彼女は雑誌『太陽』の編集部から私たちの書籍編集部に異動になって間もないことで、話が早かった。岡さんは村上春樹の担当編集者として有名になったが、残念なことに若くして亡くなった。「ぼくが医者をやめた理由」というタイトルはその岡さんの案だった。「理由」と書いて「わけ」と読ませたいと言う岡さんのセンスが光っている。「病練の四季」はないだろうと思っていたし、広島県三原市出身で広島カープファンのご本人お気に入りのペンネームもやめてもらい、本名永井明で出すことになった。平野甲賀さんの書き文字がおどるシックな装丁で、ひっそりと出版したが、数ヵ月して注文が続々と入るようになった。病院の日常を内側から描いたものは当時他になかったので、読者から多くの熱い共感が寄せられた。書名が効いたと言われることもよくあった。平凡社で編集に関わった本の中で私の唯一のベストセラーだ。永井明さんとは同年のよしみもあって、以後大変親しく長いお付き合いをさせていただくことになったが、二〇〇四年の夏に亡くなられた。五六歳だった。病院嫌いだった彼は新宿の仕事場にベッドを置き、友人の医者の訪問看護の下で静かに逝った。

『悪党的思考』

一九八七年の暮れか翌年一月のことだったと思う。朝日新聞を開くと、東京大学教養学部の教授に中沢新一氏が内定していたが、最後の教授会で否決されたという記事が大きく取り上げられていた。教授会内部の対立や内紛が人事問題になって表れ、中沢さんが犠牲になった格好だ。これを読んで私はすぐに東京外国語大AA研の中沢さんの研究室に電話をかけた。普段なかなか捕まらない彼が電話口に出たので、「新聞を読んだが、このタイミングで今度の本をできるだけ早く作りましょう」と持ち掛けた。電話の中沢さんは落ち着いて笑いながら、そうしましょうと同意してくれた。そしてあと一本書下ろしを書くことを約束し、『すばる』（集英社）連載中の「黄色い狐の王」が間もなく終了するので、夏までには諸々をまとめて一冊にする計画が立った。本書の編集マラソンの最後の一周で起きた出来事だった。

そもそも中沢新一さんが、本書のような日本中世に起こった社会転換の諸相をグローバルに掴んだ精神史を書き上げるきっかけは、歴史家網野善彦さんとの長い対談だった。中沢さんと網野さんが甥と叔父の関係であることはよく知られている。私は八六年に網野善彦『異形の王権』をイメージ・リーディング叢書の一冊として編集した。同時期に岩波書店から『日本中世の非農業民と天皇』が刊行され、その二冊などを読み刺激を受けた中沢さんが網野善彦さんとの対談を望んでいた。平凡社の同僚だった故内山直三さんと私が編集の立場で企画し、都内某所や山梨県（中沢さんの故郷）の秘湯などに出かけて朝から晩まで、座卓を囲みあるいは磐座《いわくら》を散歩しながら話がはずんだことを思い出す。

その対談記録をいずれ活字化して本にしようと考えていたが、中沢新一さんはいろいろなメディアを使って、日本の中世や近世の歴史や宗教、民俗をテーマに彼流の視点でエッセイにまとめ、どんどん発表し始めたので、それらをまとめて後に平凡社で本にする約束をしてもらっていたのだ。

五月には書下ろしの原稿が届いた。タイトルに「歴史のボヘミアン理論へ」とあった。日本史という専門意識の強い領域に、徒手で切り込む自らの姿勢と、自然を挑発し、その中から力を立ち上がらせる中世の流動的な職人や芸人、悪党らの世界を重ねながら、同一性の物語が支配する世界（現代）に不連続を、真の異質性や多様性をそそぎこもうとした快作だった。「悪党」とは単なる悪者ではなく、中世に特有の財力をもち成り上がった武士集団を指し、当時は注目を集めた歴史概念だった。この書下ろし原稿を読んですぐに「悪党的思考」という書名がひらめいた。中沢さんに提案すると、ちょっと考えて、書名は女性の読者も手に取れるような例えば「黄色い狐の王」がいいかと思ったけれど、今回はこれで行こうとすんなり決まった。装丁は中沢さんご推薦の奥村靫正さん。頬をほんのり赤く染めた童子のかわいらしい絵を描いてくださり、ロゴはきりりとしまった細明朝書体。書名と絵との絶妙なアンバランスが印象的な装丁になった。『悪党的思考』は中沢さんの主著とは言えないかもしれないが、後の『アースダイバー』に通じる視点がこの本に息づいている。

書名について、記憶の糸をたぐってみれば、三一年は長いのか早いのか、懐かしい著者や装丁家や編集者の顔や姿が思い起こされた。いい書名には含意がある。こだまのようにいつまでも響いているのだ。

石塚純一

編集者の魂は細部に宿る

柴田光滋

タイトルには毎回苦心惨憺

単行本にする原稿を読みながら編集者はまず何を考えるのか。

編集者が原稿を読む以上、内容を正確に把握するのはもちろんのこと、全体の構成にも細部の表記にも目を配らなければなりません。簡単に言えばいかに深く丁寧に読むかで、それは職業として当然のことなのですが、同時にタイトルと判型をどうするかが頭のなかを駆け巡ります。なぜなら、この両者が本作りの方向性を決定するからで、いずれもが最初に固まれば、作業の一つひとつは大変でも、ブレは生じにくい。

タイトルの例外は文芸書、特に小説で、多くの場合、著者によってすでにタイトルが付けられています。小説のタイトルはそれをも含めて作品であって、著者の聖域に近い。と言うか、きわめてシンボリックなものですから、編集者がテクニックで付けられるようなものではありません。しかし、文学者以外の著者の場合、通常、タイトルは編集者が考える、いや捻り出すものです。

これが実にむずかしい、雑誌連載などで最初からぴたりとタイトルが決まっているようなケースは例外で、大半はゼロから考えることになります。しばらく原稿を読み進むと、タイトルをどうするかで悩みに悩む。こうか。いや、違う。それなら、こうか。いや、魅力がない。では、こうか……。そんな具合に、毎回苦心惨憺、下手をすると考えるほどに負のスパイラルに陥りかねません。最後のぎりぎりまで決まらないこともしばしばですし、同僚や編集長のアドヴァイスに助けられることもあります。

小説は別として、先にタイトルを決めてから原稿を依頼することもあります。著者に対して失礼ということにはかならずしもならない。こういう本を書いてほしいという編集者の思いを簡潔かつ明瞭に伝えられるからです。最初から本のコンセプトがしっかりしているわけで、その好例は新潮新書の養老孟司『バカの壁』（二〇〇三年）でしょう。

文学者の作法

タイトルついでに、ここで余談をちょっと。文学者の付けるタイトルは、編集者ごときでは思いもよらないものが少なくありません。その遊び心、その傲然たる姿勢、その詩的な感覚には何度も唸ってきました。書き出したらキリがありませんが、ここでは忘れがたい次の思い出を記しておきましょう。

二十代の終わり頃ですが、当時の出版部長からPR誌「波」に「日本および日本人」というタイトルで「中野重治先生に連載エッセイを依頼してくるように」と言われたことがあります。いささか怯《ひる》みました。怯むのも当然、左翼文学の代表者に保守派風のタイトルでお願いするわけで、玄関先で追い払われても仕方がない。

ところが、意外なことにすんなりと引き受けていただいたのです。第一回の原稿をいただきにお宅に伺った時、原稿の冒頭に記されていたタイトルを見て唸りました。「わが国わが国びと」。なんともこの著者ならではの言い回しで、一流の文士とはジャーナリズムの要求をそれなりに受け入れながらも、かくも自己の主張を貫くものかと感嘆したものです（一九七五年に同タイトルで新潮社より刊行）。

タイトルに関してもう一つ。小説においても、著者が単行本化にあたって連載時のタイトルを変更することは時にありますが、連載の途中で変更したという珍しいケースがあります。井伏鱒二の名作『黒い雨』（一九六六年、新潮社）がその代表例で、連載開始時は「姪の結婚」と題されていました。もしそのままであったら半世紀以上に及ぶロング・セラーになったかどうか。

他人の顔

各務三郎

どこの出版社でも同じでしょうが、一冊の本が出版されるまでに積み重ねられる担当者の苦労には計りしれないものがあります。

そして、かんじんかなめの顔であるタイトル。本の内容にマッチし、読者にアッピールするタイトルなんてやすやすと出てくるものではありません。著者の意向がからみ、編集者の意図だって押しだされてくる。営業マンのセンス、出版社の性格すら、タイトル決定に微妙に影響してくるでしょう。よりユニークな、より強くアッピールするタイトルが決まるまでに相当な議論が戦わされることは想像するに難くありません。

そこで問題が起きてきます。特に翻訳ものと日本ものの小説の類似性という問題が。

マルローの『人間の条件』と五味川純平の『人間の条件』が同じだといっても、いまさらはじまらないことかもしれない。表現の自由という大前提があり、著作権法も本の内容は保護しても、タイトルの類似性まではカヴァーしていません。期待するのはただ良識のみ、というのはお寒い話です。

それにしてもアイリッシュの名作『幻の女』が、推理作家としてデビューした女流作家の長篇にあるのは苦々しい。ニコラス・ブレイクの『野獣死すべし』と同じ題のタフガイ・ノヴェルを見るのは、ミステリ・ファンとしては承服できかねるところがあります。

いまさらライオネル・デヴィッドスンの冒険小説の傑作『モルダウの黒い流れ』(原題は『ウェンツェラスの夜』)と酷似した『モルダウの重き流れに』を読む気にはなれない。この作者には『地図のない旅』『裸の町』『男の世界』など、知らない人は知らないタイトルの本がいっぱいあります。ドラッカーの『断絶の時代』の命名者には、金一封が贈られたと聞き及んでいます。そうでなくっちゃいけない。確か原題は「非連続の時代」だったはずです。それを「断絶」と飛躍したセンスは高く評価しなければならないでしょう。これを真似するタイトルがなかった(せいぜい「――の時代」)のは国内でベストセラーになってしまい、いまさら真似るわけにはゆかないためか、とカンぐってしまいそうなムードが感じられるのは困ったことです。

商標権登録をめぐっては、かなりアクどい商法がまかり通っています。しかし商品の顔に関してはいちおう権利がまもられているのです。それでいて、本のタイトルに関しては、良識に待つ……では、なんとも情けないことではありませんか。

本の題名

森村稔

本には題名というものが必要で、だれかが（著者自身とはかぎらない）それを考えてつけるものだということをはじめて意識したのは、二十数年前、広告会社の新米社員だった頃である。

職場の先輩に故・梶山季之氏と文学仲間だったという人がいて、その頃、まだ無名に近かった梶山氏がはじめての長編小説を出すに際して、題名を考えてほしいと頼まれている、きみ、一緒に考えてくれないかと私にも声がかかった。ストーリーをきけば自動車の産業スパイの話である。先輩と一緒に『歯車の女』とか、いくつかの案を考えた記憶があるが、もちろん、われわれシロウトの出る幕ではなく、やがて光文社の編集担当者が考えたという題名に決まった。『黒の試走車』である。この本が一躍ベストセラーになった理由の一つに題名のよさもあると、後の評者が指摘した通り、新鮮な字面と、イメージを喚起する強い力をもついい題名であった。その後、小説や評論の書名に

「黒の――」とか「黒い――」という文字を使うものがたくさんあらわれた。梶山氏の同書は本の題名史の中では『黒の試走書』であったといえる。

その後、出版の仕事にもかかわるようになり、自分でもいくつか著書を出したりして、本の題名のことを考える機会があるが、むずかしいものという思いから抜けられない。広告のキャッチフレーズや雑誌論文のタイトルについては自分でもプロの一人という気持があり、少しばかりの自信をもって考案することができる。

ところが、書名となるとまったく自信がない。もっとも、私がつけた題名はまだ、かぞえるほどしかない。故・尾崎盛光氏の著書三冊――『日本就職史』(昭和42、文藝春秋)、『人材の社会学』(昭和47、実業之日本社)、『自由とひげと若者と』(昭和56、日本リクルートセンター)――くらいである。

自分の著書五、六冊についてはすべて出版社まかせであった。本の題名は一種の商品名であり、出版元がつけるべきで、その方がいい題名ができると信じているからである。

しかし一方では、著者として自分の分身にもあたる書物の名前くらいは自分でつけたいという希望もあり、そこのところ、出版元とのやりとりの面倒も予想されるから、いつも思いきってまかせてしまうのである。

まかせた結果、自分としてはあまり気に入らぬ題名となってしまうこともある。文藝春秋から出していただいた『昇進術入門』がそうだった。著者である私が昇進の術数に長けたイヤミな人間と思われやしないかと危惧したし、「人前で表紙を見せて、おおっぴらには読みにくいよ」と知人から言われたりもした。

かといって（本稿では「ところが」「しかし」「かといって」と、逆接句を多用している。そのくらい、心が千々に乱れるテーマなのだ）、自分で題名を考えろ、と言われるとこれまた難儀である。たとえば、私はいつか、読書論というほどではないが読書に関する雑記・小考を中心に一冊の小さな本を書きたいと思っている。下準備は長年の間にいつの間にかできていて、折り折りの見聞やふと浮かんだ着想をノートに書きつけたものが千ページほどたまっている。

そろそろ原稿にまとめたらどうか、と編集者からもすすめられ、自分でもその気がなくはないのだが、いっこうに立ち上れない。

日常的に原稿を書く暇がない、というのは表向きの言い訳である。真実のところは、その本のうまい題名がどうしても思いつかないのが原因なのである。

もちろん、書名さえできればいつでもとりかかれる、というほど単純なことではないが、まず、自分でも気に入るいい書名を考えつかないことにはどうしようもないのである。

そして、困ったことに、考えられるいい書名のすべては既にだれかによって使われてしまっているのだ！

読書に関する論述・解説・エッセイは世に多く、単行書も数多い（出口一雄氏の文献目録には、明治以降刊行されたわが国の読書論関係書として七百点以上の記載がある）。

それらの一部は私の本棚の数段を占めている。『一冊の本』『読書の技術』『読書のよろこび』『書物とともに』『本のある生活』『なつかしい本の話』『書中の天地』……など、それぞれ魅力的な題名をもち、そしてもちろん内容もすぐれた本が並んでいる。これらの本を眺めていると、「もう、これですべてだ。決定打はぜんぶ出ている。これら以外の題名はもうない」という感じにとらえられてしまうのである。

ところが、新しい書物がまた次々と刊行される。すばらしい題名とともに。

『深夜の読書』（辻井喬著）――「深夜の」というところ、実にいい。

『本を読む本』（M・アドラー著）――回文的表現。とぼけた味わい。

『読書の方法』（外山滋比古著）――スッキリと、堂々と。

『本の顔　本の声』（秋山駿著）――なるほど、ウーム。

そのほか、『本を読む』（中村真一郎著）、『本と人と』（日本エディタースクール編）、『生涯を賭けた一冊』（紀田順一郎著）など、ハッとするような書名、「それだッ」と言いたくなるような題名をもつ新刊があとを絶たないのである。

私はそれらを見るたびに、〈もう、ほかにはあり得ない〉などと勝手に思いこんでいた自分の頭がくやしくなる。そして、二つの教訓を自得するのである。

一つ、本の題名一つでも、他人の所産についてあれこれ論評するのはやさしいが、いざ自分の身の上のこととしてとりくむと、きわめてむずかしいものである。知恵などからきし出てこないものだということ。

一つ、それにしても（自分以外の）人間の知恵は無限であるということ。

作家、創造者たちとタイトル——編著者あとがきに代えて

高橋輝次

私が題名ないしタイトルというテーマに興味をもったのは、以前アンソロジーをつくった「誤植」や「校正」というテーマと同様、私が昔、出版社で編集者をしていた頃、タイトルをつけるのに散々苦労した経験があり、そのことにコンプレックスを抱いていたからであろう。もちろん、著者の出してくださった案を一番に尊重して相談した上で最終的に決めるのだが、会議の席でそれが幹部の人や営業サイドから反対されたことがしばしばあった。いや、その前にも、編集会議で企画を提出して検討する際、企画書に編集者が仮題をつけて出さねばならない。それを見た出席者から「中身はともかく、君はタイトルのつけ方がいつも下手やなあ」と言われたことが再三あった。その度に、自分にはことばへのセンスが不足しているのかも、と落ちこんだものである。その本が売れないと、やっぱりタイトルがまずかったのかなとか没にしたタイトルの方がよかったかなあ、などとクヨクヨ悩んだものである。

そのせいか、タイトルへの関心はずっと持続していて、私の今までの著書でも計三篇エッセイに書いている。

私の経験は別にしても、作品にどういうタイトルをつけるのかは、あらゆる芸術の創造者、表現者にとって相当大事な作業のひとつであろう。それによって、売れ行きなり観客数なりがかなり左右されるのだから。読者としての私も、本屋で、とくに知らない著者の場合、タイトルに魅力があれば、つい手に取って中身もチェックする経験が多い。また当然ではあるが、タイトルがなければ、記録としての在庫目録、書誌、美術のカタログレゾネなども作れない。

そんな大事なテーマなのに、タイトルについて本格的にまとめた本はまだわずかしか出ていない。そこで、五年ほど前からアンソロジーをつくることを思い立って、集め始めたのだが、このテーマについて正面から書いたエッセイは意外に少ないことに気づいた。といっても、私の探せるのは、書店や古本屋、ブックオフなどに並ぶ単行本や文庫に限られており、まだ本に収録されていない出版社のＰＲ誌に載ったエッセイや雑誌、新聞に載ったものまでは、私の根気のなさやエネルギー不足のため探索が及ばなかった。それでも、現在活躍している方々または故人の、粒ぞろいのエッセイが相当集まったのでは、と自負している。

　今回は各著者がその本のまえがきやあとがきで、自著のタイトルの由来やタイトルへの愛着やこだわり、さらに担当編集者とのタイトルをめぐる攻防《バトル》などを割に詳しく語っている文章も何篇か収録している。これらは、本来なら、その本文を読んだ上でこそ、充分に共感しつつ味わえるものだが、本書では残念ながらムリである。その代り、書評と同様に、その本への良き誘いになってくれれば、と編者としては願っている。

　さて、本書では、全体にわたって男女作家のエッセイを多く収録している。小説のタイトルは明治以来、ひとつの名詞や、形容詞のついた名詞、ふたつの名詞を「と」や「の」でつないだものが圧倒的に多いように思うが、その点、私の印象では、現代の女性作家たちはその伝統を軽々とうち破り、革新的なタイトルをつけているように思われる。例えば、林真理子『ルンルンを買っておうちに帰ろう』田辺聖子『夕ごはんたべた？』山田詠美『ぼくは勉強ができない』鴨居羊子『私は驢馬に乗って下着をうりにゆきたい』桐島洋子『聡明な女は料理がうまい』などがその先駆的なものだろう。最近では、会話の一節を採ったような一群のダイナミックなタイトルが注目される。例えば、朝倉かすみ『田村はまだか』『そんなはずない』『エンジョイしなけりゃ意味ないね』角田光代『おまえじゃなきゃだめなんだ』『今、何してる？』井上荒野『もう切るわ』『そこへ行くな』津村記久子『とにかくうちに帰ります』『アレグリアとは仕事はできない』など、いずれも話し相手に呼びかけるようなタイトルで、はて、中身はどんな物語（ないしエッセイ）なのだろう、と思わず読者に好奇心を抱かせるような、インパクトの強いものである。おしゃべり好きな女性の特性を生かしたタイトルとも言えるかもしれない。最近の小説では、住野よるさんの『君の膵臓をたべたい』にドキッとさせられたし、内館牧子さんの『終わった人』も主題を一言で言い当てた秀逸なタイトルだと思う。

小説ではないが、すぐれた社会学者、上野千鶴子さんの『スカートの下の劇場』は、演劇論的発想に基づく中身もユニークだが、想像力を刺激するこのタイトルでよりいっそう売行きが伸びたのではなかろうか。

男性作家の方は、女性作家に比べると、ことタイトルに関する限り、まだ割に保守的な傾向があるような気がする。とはいえ、オーソドックスだが、見事なタイトルは沢山ある。例えば『蒲団』『雪国』『浮雲』など。第一、漱石には処女作に『吾輩は猫である』があった！ やはり漱石さん、恐るべし。さらに、堀辰雄に名作『風立ちぬ』があるし、司馬遼太郎の『竜馬がゆく』も躍動感あふれる名タイトルだ。現在の作家では嵐山光三郎氏に『コンセント抜いたか！』や『ざぶん』などの奇抜なタイトルがある。後者は近代温泉文学史とも言える小説だが、この音だけで温泉のテーマを扱っているらしいと、ひと目で分かるではないか。これに匹敵するのは姫野カオルコさんの『ツ、イ、ラ、ク』だろうか。

またフランス文学者、鹿島茂氏の『子供より古書が大事と思いたい』は古本ファンの本音をぐさっと突いたタイトルで、度肝を抜かされたものだ。

ここで、女性作家のタイトルのエピソードをひとつつけ加えておこう。怪奇・幻想の物語を得意とする直木賞作家、皆川博子さんの『皆川博子講演会録』（同志社ミステリ研究会、二〇〇九年）という冊子で、御自身の読書遍歴について語っている中に出てきたものだ。

皆川さんは女学校の頃、戦争が激化して、疎開先では本を読みたくても、本屋はないし、新刊も出ないので、牛乳瓶の蓋の何月何日という印刷文字を読んだりして活字への飢えを満たしていた。ある時、祖母が持っていた婦人雑誌の料理の付録で「ジャムの作り方」の記事を読んだが、苺も砂糖もないので、頭の中だけでジャムをつくった。後年、『ジャムの真昼』で書いたジャムの作り方はその頃に覚えたものだという。そして、このタイトルは尾崎翠の『アップルパイの午後』から思いついた、と語っている。二人の幻想作家がその本のタイトルを通して繋がっているのが面白いではないか。

本書には、近代文学史に残る作家たち、いわゆる文豪のエッセイも載せたかったが、私の印象ではこのテーマでダイレクトに書かれた随筆は数少ない。そのため、林芙美子、堀口大學のものしか収録できなかった。

そこで、それを補足する意味で、私が古本蒐集で見つけた近・現代文学者のエピソードを少しばかり、紹介しておこう。

まず文豪漱石の話から。私はタイトルについてのエッセイを蒐集する過程で、多田道太郎氏の『本棚の風景』(潮出版社)所収の「題の付け方——漱石の『門』をめぐって」を見つけた。

多田氏の文章によれば、漱石は明治四十三年、朝日新聞の連載小説の執筆を引き受けたが、朝日側が読者に予告する必要上、早く題を知りたがった。しかし妙案が浮かばなかった漱石は困ってそれを愛弟子の森田草平に一任した。森田氏も考えあぐね、同じ仲間の小宮豊隆に相談した。小宮氏はたまたま机上に置かれたニーチェ『ツァラトゥストラ』の開かれた頁の中に「門」の文字が踊っているのを見て、これを採ったのだという。かなりいいかげんなタイトル決定だが、さすがに漱石は連載を書き進めながら、物語の中でしだいに、「門」に近づいてゆき、最後は主人公が「禅門を叩く」というアイディアに至ったと、多田氏は書いている。

現代の作家でも、新聞や週刊誌、文芸雑誌に連載の折、その予告のためにタイトルを急いで決めなければならず、困って仮の題を提出することが割にあるようだ。

なお、多田氏は前述の評論の中で、「さまざまな作家がその小説にどういう題をつけたか——それを洗うだけで、一篇の独創的な文学史ができよう」とも述べている。これは注目すべき着想だと思う。即ち、タイトルと時代背景の関わりの問題であろう。そういえば、本書でも円地文子さんや歌人の河野裕子さんが題名と時代背景との関係を考察している。その詳細な仕事は優れた文芸評論家や文芸史家にお任せするが、そんな文学史がもし出版されたら、ぜひ私も読みたいものである。

文学者ではないが、リアリズム写真の巨匠、土門拳氏も貴重な一文「画題のつけ方」(『写真の作法』所収)の中で、画題の歴史性について言及している(本書では残念ながら未収録）。例えば、大正末から昭和初めの日本の写真界では、西欧の印象派絵画に影響を受け、「光と影」にちなむ言葉や「印象」を使った画題が流行したと言い、そんな画題を列挙している。福原信三の有名な『光とその諧調』がその中心的役割を果たした写真集であったという。私には目からうろこ、の指摘だった。

写真史の分野でもう一つ、注目すべき動向を紹介しておこう。

日本近代前衛写真史のすぐれた研究者、故中島徳博氏（当時、兵庫県立近代美術館主任学芸員）の『「光画」とその時代　一九三〇年代の新興写真』展の図録解説によれば、近年ますます評価が高まっている中山岩太が昭和五年に結成した芦屋カメラクラブや野島康三、木村伊兵衛、中山氏らを同人として昭和七年から十八冊発行された伝説的写真雑誌『光画』に集った写真家の多くは、作品に題をつけず、「無題」とするか、「……」と黒点のみを表示したという。これはおそらく従来の安易な題のつけ方に異議をとなえるとともに、見る人が題にとらわれたり、邪魔されたりせずに、虚心に自由に作品を鑑賞し、味わってほしいという願いからだと思われる。

一方、絵画の分野でも画家でエッセイストの林哲夫氏が広い視野からの書き下ろしを寄せて下さったが、近代以前と近代以後の画題のつけ方の大きな違いや変化を指摘し、西欧では第一次大戦後のダダイズムやシュルレアリスム運動の中で、初めてタイトルにも自由が生れ、とくにマルセル・デュシャンが画題を文学の域まで高めたことを具体例を挙げて示している。美術史家に画題についてのまとまった研究はすでにあるのだろうか。あるいは未開拓のテーマかもしれない。

さて、もう一つ紹介するのは戦後派作家の椎名麟三のエピソードである。たまたま古本屋で見つけた珍しい絶版文庫、船山馨の中篇集『破獄者』（昭和五十年、角川文庫）に収められている「明日も夜から」という、跋文に代えて書かれた四十四頁にわたる長編エッセイの中に出てきたものである。船山氏は周知のごとく、『石狩平野』や『お登勢』などのベストセラーで有名な作家だが、戦後すぐの実存主義的作品にも優れたものが多い。この一文は、本書に収録された四篇の作品（「ペテルブルグ夜話」など）を書いた頃を詳しく回想したものである。戦後すぐの出版界の動きが体験的に描かれていて、出版史の証言としても興味深い。

戦後すぐに、河出書房が季刊雑誌「序曲」を出し始め、そこに戦後派作家たちが同人として結集された。河出側の編集責任者は、のちの伝説的名編集者、坂本一亀氏であった。「序曲」と並行して同人の書下ろし叢書も企画され、トップバッターに椎名氏、二冊目が梅崎春生氏、三冊目に船山氏が選ばれていた。ところが椎名氏の原稿はさっぱり進んでおらず、坂本氏の催促はきびしくなるばかりであった。毎晩のように船山氏の陋屋《ろうおく》に飄々と姿を現す椎名氏であったが、浮かぬ顔ばかりしていた。ある日、進行具合いを船山氏に聞かれた椎名氏は「話にならないんだ。題さえ決まれば、なんとか、滑り出せるんだが…」ともらす。船山氏がおどろいて聞き返すと、まだ二十枚ほど書いただけで、全くストップしている、と言う。それで、三冊目の自分は当分助かるなと思いつつ、「まあ、そいつは永遠の序章だな。坂本さんが知ったら卒倒ものだね」と笑いながら言った。

すると「とつぜん、椎名氏は顔をあげて私を見つめた。『永遠の序章か……。よし、それ、題にもらうよ』と、彼は膝を叩いていった」と。こうして、原稿は無事完成し、名作『永遠なる序章』は一九四八年六月、出版された。

小説のタイトルは殆んどが作家が独りで書斎や散歩の途中などで、苦心惨憺して生み出すものだが、漱石や椎名氏のように、親しい人間関係や友人との会話の中から、偶然生まれることもある、という珍しい例である。

本書収録の作家の言や、この椎名氏のエピソードにもあるように、タイトルが決まらないと書き出せない作家と、書いてゆく過程や書き終えてから、タイトルを考えるタイプに作家は二大別されるようだ。

次にもう一例だけあげておこう。これは山田稔氏の最新刊エッセイ集『こないだ』（編集工房ノア）所収の一文、「名付け親になる話」を読んでいて教えられたのだが、大正初期の文学史上で有名な早稲田派の同人雑誌「奇蹟」の誌名の由来である。広津和郎、葛西善蔵、舟木重雄、相馬泰三らが誌名をどうするか相談しながら井の頭公園の池あたりを散歩していたら、突然、葛西氏が踊りだした。それを見た舟木氏が「葛西善蔵が踊った、奇蹟、奇蹟！」と叫んだ。それで同人たちは「奇蹟、にしよう」と即決したというのだ。広津氏の『年月のあしあと』に出てくるエピソードだという。これも偶然の要素が大きい愉快な命名である。

現代作家の笑えないエピソードも一つ、紹介しよう。小林信彦氏にはもう一篇、「小説の題名」というエッセイがある（『日本人は笑わない』新潮文庫、所収）ただ、これは一頁分位の短いコラムなので、収録しなかった。小林氏は書下し小説『世界でいちばん熱い島』を出版した際、ある書評者が題名のみにこだわり、これが森村桂の『天国にいちばん近い島』に似ており、森村氏に一言挨拶すべきだったと、非難しているのを読んで、氏も担当編集者も唖然としたという。というのは、この題名は百二十の案のなかからやっと決めたのだが、実は女性人気グループ、プリンセス・プリンセスの大ヒット曲、「世界でいちばん熱い夏」から思いついたからだという。とんだ見当違いをされたものである。

さて今回、Ⅳ部で、編集者の視点からのエッセイを一まとめにしている。これはもっと沢山集めたかったが、私の能力不足で交流のある方々のものをわずかしか収録できなかったのが残念である。ただ、書下していただいた方々や柴田光滋氏の一文を読めば、編集者側の苦労も並大抵のものではないことが分かっていただけよう。

本造りの過程で、もちろんタイトル決定については、著者の意向が最大限に尊重されるものだが、必ず担当編集者への提案や相談があるものだ。これは一般論だが、著者の出版経験がごく浅い場合、必ずしも著者の案がそのまま受け入れられるとは限らない。時には、担当編集者や編集長から反対され、もっと分かりやすいもの、アピールするもの、売れやすいタイトルにと変更されることが往々にしてあると思う。著者の方は、自分の気に入ったタイトルが使えなかったので、未練を残すこともあるようだ。ところが、その著者がだんだん活躍してきて出版の実績が上がり、売れっ子になってくると、出版社との力関係は逆転し、著者の出したタイトルが多少うーんと抵抗を覚えるものであっても、そのまま採用されることが多くなるのではないか。実際に、単行本が文庫化されるとき、巻末の断り書きを見ると、時々、文庫になる機会に、タイトルを変えたとあり、それが著者の気に入っていた元の題に戻したものという例がけっこう見られる。ただ、逆のケースもあって、珍しい一例だが、佐々木譲『笑う警官』は、元の単行本のときは『うたう警官』だったが、映画化が決り文庫化される際、角川春樹氏の提案によって『笑う警官』に変えた、と角川文庫の著者あとがきにあった。『うたう警官』では分りにくいという声が多かったから、という。本書でも、「あとがき」や「まえがき」から採った文章に、このようなタイトルをめぐる編集者とのやりとりや攻防《バトル》も描かれていて面白い。

多くの分野のうちでも、とりわけ映画作品はその制作費も十億円（?）単位だから、もし失敗すると大へんな損失になる。タイトルによってもその興行成績が左右されることが多いのだから、タイトル決定までに多くのスタッフが集まって慎重に議論されるようだ。映画のタイトルについては、本書でもいろんな文学者が言及している。川本三郎氏は、自著のエッセイ集のタイトルを映画から採ったことも多いことを書いていて面白い。例えば、最近作『映画の中にある如く』はベルイマン監督の「鏡の中にある如く」からとった、とあとがきにある。

ここではあとふたつだけ、映画タイトルをめぐるエピソードを加えておこう。ひとつは作家、大沢在昌氏のエッセイ集『鮫言』（集英社）中に出てきたもの。氏の大ヒット作『新宿鮫』が映画化された際、製作のフジテレビ側から、映画業界のジンクスとして、地名を含むタイトルはヒットしないというので、女性客も動員できるように「眠らない街―新宿鮫」を提案され、それに従ったと語っている。小説でも映画でも、今や女性層をどれだけ多く魅きつけられるかが、現在の創造作品が商品として成功するかどうかのキーポイントになっている時代なのだ。

もうひとつも、原作の小説タイトルが大幅に変えられた例である。村田喜代子さんの芥川賞作品『鍋の中』（これ自体もユニークな題名だ）が黒澤明監督によって映画化されたとき、タイトルは「八月の狂詩曲《ラプソディ》」となった。（私はこの事実を村田さんのエッセイを読んで初めて知った始末である）村田さんは初めてそれを聞いたとき、「へえー」「ナンデスカ、ソレハ」と感じた、と正直に書いている。黒澤明は、山本周五郎の名作、『季節のない街』を「どですかでん」という奇妙なタイトルに変えてもいる。また、村田さんの、閉経期の主婦のぐれる生き方を描いた『花野』がNHK銀河シリーズの連続ドラマになったとき、内容が分かりやすい「母の出発《たびだち》」に変えられた、という（以上、村田喜代子エッセイ集『異界飛行』による）。

村田さんもそうだが、大抵の現代の作家は自分の作品の映画化を申し込まれた際、小説と映画は表現方法が異なる別物である、と割切って考え、許可はしても、その脚本や俳優の選定などに一切口出ししないようだ。それでも、題名があまりに原作のそれとかけはなれたものになった場合は、内心、とまどいや異和感、抵抗やらを覚えるのではなかろうか。というのは、エンドロールでも原作は文字でごく数秒流れるだけだから、殆んど目立たず、本の宣伝にはあまり役立たないからだ。むろん、それだけが理由ではなく、作家としてのプライドもあるだろう。何しろあれほど苦心してつけた、愛着のあるタイトルなのだから……と。

ただ、純文学系の作品が映画化される場合、その多くは原作に忠実なタイトルになっているように思われる。

本書では、小説以外のさまざまなジャンルの創造の現場から書かれたものも集めている。詩人、歌人、哲学者、脚本家、翻訳者、画家、作曲家と多種多様な分野の方々による興味津々のエッセイである。また、土屋賢二氏は哲学者らしからぬ（?）抜群のユーモアセンスの持ち主で、そのエッセイ集のタイトルも『ツチヤの貧格』『棚から哲学』『論より譲歩』『妻と罰』など面白いものが多い。名言や格言、ことわざなどをもじったタイトル付けの名人であろう。

どの創造者もタイトルを生み出す瞬間は、時、所を選ばず一瞬のひらめきによることも多いようだ。いわゆるポオの「ユリイカ！」と叫ぶ瞬間であろう。

最後に、付録として、このテーマに格好の清水義範氏の面白い小説「題名に困る話」も提供したのだが、文庫で二十一頁にわたる長いものゆえ、採用されず、残念だ。私は「誤植」についてのエッセイのアンソロジーにつづいて、小説が中心の『誤植文学アンソロジー』（論創社）も、出版したが、さすがにタイトルをテーマにした小説はこれ以外、今のところ見当たらず、貴重な作品である。

――と思いこんでいたところ、このあとがきを書き終えた直後に、京都、下鴨神社で開かれた真夏の古本祭にでかけた際、小松左京氏の『題未定』（実業之日本社、一九七七年）なるSF小説を偶然見つけた。そういえば、昔、文庫本でも出ていたのを想い出した。早速、帰りの車中で斜め読みしただけだが、これは「週刊小説」に連載予定の小説の題が締め切りになってもどうしても決まらず、やむを得ず「題未定」とだいして書き出したとたん、毎回現実に起こりえないSF的事件——タイム・スリップやタイム・トラベルに作者自身が巻き込まれてしまう、といった内容で、小松氏のスケールの大きな博識が縦横に披露されていて引き込まれる。しかも空間移動したワイキキのレストランで小松氏がウェイトレスに言ったイタリア語、紅茶をくれ＝ダイ・ミ・テは「題未定」と聞こえる、といった愉快なエピソードも盛り込んでいる。

なお、その後の古本探索によって、タイトルについて書かれた単行本と雑誌がすでに三冊出されていることが分かった。『現代詩手帖』（二〇〇六年、三号）の特集「タイトル論」、美学者、佐々木健一の『タイトルの魔力』（中公新書）、それにブルボン小林（＝長嶋有）『増補版ぐっとくる題名』（中公文庫）である。各々大へん興味深い内容なのだが、頁数が大幅にオーバーするので、残念ながら詳細な紹介はできなかった。お許し願いたい。

私が今回編んだアンソロジーは、どうやら日本で三冊目に世に送る、タイトルに関する単行本ということになりそうである。

本書には多くの文学者や創造者たちが各々、タイトルをめぐる苦労話や打ち明け話を才筆をふるって綴っているので、どこから読んでも面白いのでは、と編者としての私は秘かに満足している。

最後に、本書収録を快くお許し下さった創造者の方々並びに著作権者の方々、そして今回、書き下しの貴重な原稿をいただいた六名の方々に厚くお礼申し上げます。林哲夫氏には堀口大學の随筆を提供していただいた。有難うございます。また、左右社編集部、とくに担当された脇山妙子さんには長期にわたりご苦労をおかけしました。深く感謝致します。

なお、本書の目次構成は、当初私の作ったものを提出していたが、途中で編集スタッフにより、より読者にアピールするものにしたいと、知恵を絞って本書のようにまとめて下さった。その努力にもお礼申し上げます。

本書が本好きな人たちはもちろん、様々な分野でタイトル作成に関わっている方々の参考になり、少しでも楽しんで下さればまことに幸いに思います。

著者紹介・出典（掲載順）

堀口大學（ほりぐち・だいがく）
1892年生まれ。詩人・フランス文学者。詩集『月光とピエロ』『砂の枕』『人間の歌』など多数。ジャン・コクトー、ジャン・ジュネ、アルチュール・ランボーなどの翻訳でも知られる。1981年没。
＊p10　表題あれこれ
「これくしょん」75号　ギャラリー吾八

林芙美子（はやし・ふみこ）
1903年生まれ。小説家。詩集『蒼馬を見たり』でデビューし、自伝的小説『放浪記』がベストセラーに。他の作品に『清貧の書』『晩菊』など。1951年没。
＊p14　三つの著書
「創元」一巻一号　創元社

丸谷才一（まるや・さいいち）
1925年生まれ。小説家・評論家。主な小説に『エホバの顔を避けて』『笹まくら』『年の残り』『裏声で歌へ君が代』などがある。日本文化に関する評論として『日本語のために』『忠臣蔵とは何か』など。ジェイムズ・ジョイス『ユリシーズ』の翻訳も手がけた。2012年没。
＊p17　題をつけにくい文章
『遊び時間2』中公文庫

田辺聖子（たなべ・せいこ）
1928年生まれ。小説家。『感傷旅行（センチメンタル・ジャーニィ）』で芥川賞。主な小説に『すべってころんで』『苺をつぶしながら』など。評伝に杉田久子の生涯を描いた『花衣ぬぐやまつわる……わが愛の杉田久女』など。源氏物語や古事記、小倉百人一首など古典解説や古典翻訳も多い。2019年没。
＊p20　タイトルについて
『猫なで日記　私の創作ノート』集英社文庫

河野多恵子（こうの・たえこ）
1926年生まれ。小説家。丹羽文雄主宰の「文学者」同人としてデビューし、『蟹』で芥川賞。他の作品に『最後の時』『不意の声』『一年の牧歌』など。2015年没。
＊p31　標題のつけ方
『小説の秘密をめぐる十二章』文春文庫

斎藤栄（さいとう・さかえ）
1933年生まれ。小説家。市役所勤務の傍ら、推理小説『機密』でデビュー。『殺人の棋譜』で江戸川乱歩賞。のちに作家活動に専念し『奥の細道殺人事件』や「魔法陣シリーズ」を手がける。
＊p45　題名のつけ方
『斎藤栄のミステリー作法』文藝春秋

渡辺淳一（わたなべ・じゅんいち）
1933年生まれ。医学博士・小説家。札幌医科大学で起きた和田心臓移植事件を描いた『小説・心臓移植』（のちに改題）でデビュー。以後、『光と影』『失楽園』『愛の流刑地』など耽美な世界観の作品を発表し続けた。2014年没。

＊p58　題名とネーミング

『創作の現場から』集英社文庫

筒井康隆（つつい・やすたか）

1934年生まれ。短編集『東海道戦争』でデビュー。『虚人たち』で泉鏡花賞。他の作品に『朝のガスパール』『七瀬ふたたび』など。風刺性の強いSF作品を多く発表。『時をかける少女』『パプリカ』はアニメ化され社会現象にもなった。

＊p67　表題

『創作の極意と掟』講談社

荒川洋治（あらかわ・ようじ）

1949年生まれ。現代詩作家。大学在学中に第一詩集『娼婦論』を出版。詩集に『水駅』『空中の茱萸』『北山十八間戸』、評論集に『文芸時評という感想』などがある。

＊p75　タイトルの話

『言葉のラジオ』竹村出版

宮部みゆき（みやべ・みゆき）

1960年生まれ。小説家。『我らが隣人の犯罪』でデビューし、『火車』で山本周五郎賞。『理由』で直木賞。『名もなき毒』で吉川英治文学賞。SF作品とリアリスティックなサスペンス作品の両面で活躍。

＊p78　タイトルの妙

『松本清張傑作短篇コレクション㊦』文春文庫

恩田陸（おんだ・りく）

1964年生まれ。小説家。『六番目の小夜子』でデビューし、『夜のピクニック』『中庭の出来事』『ユージニア』などを発表。『蜜蜂と遠雷』で直木賞。同作は『夜のピクニック』以来二度目となる本屋大賞も受賞。

＊p82　タイトルの付け方

『小説以外』新潮文庫

赤川次郎（あかがわ・じろう）

1948年生まれ。『幽霊列車』でオール讀物推理小説新人賞。以後、「三毛猫ホームズ」シリーズや『セーラー服と機関銃』『探偵物語』など数多くのベストセラーを執筆。

＊p87　タイトルについて

『ぼくのミステリ作法』角川文庫

浅田次郎（あさだ・じろう）

1951年生まれ。小説家。『地下鉄（メトロ）に乗って』で吉川英治文学新人賞、『鉄道員』で直木賞。『壬生義士伝』『お腹召しませ』などの小説で受賞多数。

＊p91　タイトルについて

『勇気凜凜ルリの色』講談社文庫

倉橋由美子（くらはし・ゆみこ）

1935年生まれ。小説家。大学在学中に発表した小説『パルタイ』でデビューし、女流文学賞、田村俊子賞受賞。他の作品に『スミヤキストQの冒険』『聖少女』など。翻訳に『ぼくを探しに』など。2005年没。

＊ｐ97　タイトルをめぐる迷想
『最後の祝宴』幻戯書房

野呂邦暢（のろ・くにのぶ）
１９３７年生まれ。小説家。『ある男の故郷』でデビュー。『草のつるぎ』で芥川賞。他の作品に『鳥たちの河口』『諫早菖蒲日記』など。１９８０年没。
＊ｐ１０１　題名のつけかた
『古い革張椅子』集英社

新井満（あらい・まん）
１９４６年生まれ。小説家。『尋ね人の時間』で芥川賞。『ヴェクサシオン』『カフカの外套』などの小説や『千の風になって』の翻訳など活動は多岐にわたる。
＊ｐ１０４　六脚の椅子と十七羽の色とり鳥
『カフカの外套』文藝春秋

古山高麗雄（ふるやま・こまお）
１９２０年生まれ。小説家。編集者として活動したのち、『プレオー8《ユイット》の夜明け』で芥川賞、『セミの追憶』で川端康成賞。２００２年没。
＊ｐ１０９　小説の題
『小説の題　古山高麗雄随想集』冬樹社

林望（はやし・のぞむ）
１９４９年生まれ。国文学者。ケンブリッジ大学勤務時の経験を綴った『イギリスはおいしい』で日本エッセイスト・クラブ賞。『謹訳源氏物語』で毎日出版文化賞。能やオペラの作劇でも知られる。
＊ｐ１１４　「愉快」と「おいしい」の関係
『イギリスは愉快だ』文春文庫

吉村昭（よしむら・あきら）
１９２７年生まれ。小説家。『星への旅』で太宰治賞。記録文学である『戦艦武蔵』『高熱隧道』『零式戦闘機』などの一連の作品で菊池寛賞。小説『破獄』で読売文学賞、芸術選奨文部大臣賞。２００６年没。
＊ｐ１２０　小説の題名
『わたしの流儀』新潮文庫

北村太郎（きたむら・たろう）
１９２２年生まれ。詩人。第2次「荒地」に参加し、田村隆一、鮎川信夫らと活躍。詩集『犬の時代』で芸術選奨文部大臣賞、同『港の人』で読売文学賞。『ぼくの現代詩入門』『詩人の森』などの詩論も多い。１９９２年没。
＊ｐ１２３　題をつける
『樹上の猫』港の人

円地文子（えんち・ふみこ）
１９０５年生まれ。劇作家、小説家。戯曲『ふるさと』でデビュー。小説『女坂』で野間文芸賞、『朱を奪ふもの』『傷ある翼』『虹と修羅』の三部作で谷崎潤一郎賞、『遊魂』で日本文学大賞。『源氏物語』の現代語訳でも知られる。１９８６年没。
＊ｐ１２８　小説の題名
『本のなかの歳月』新潮社

山田稔（やまだ・みのる）
１９３０年生まれ。小説家、フランス文学者。『コーマルタン界隈』で芸術選奨文部大臣賞。他にグルニエ『フラゴナールの婚約者』の翻訳やエッセイ『スカトロジア糞尿譚』など。
＊p131　作品の顔
『ああ、そうかね』京都新聞社

阿刀田高（あとうだ・たかし）
1935年生まれ。小説家。『冷蔵庫より愛をこめて』でデビューし、『ナポレオン狂』で直木賞。『新トロイア物語』で吉川英治文学賞。他の作品に『だれかに似た人』『夜の旅人』など作品多数。
＊p134　小説の題名
『まじめ半分』角川文庫

山本夏彦（やまもと・なつひこ）
1915年生まれ。作家、編集者。出版社工作社を設立し、雑誌「木工界」を創刊。数多くのコラム連載をもち、『笑わぬでもなし』『日常茶飯事』『茶の間の正義』などの著書で菊池寛賞。2002年没。
＊p138　私はタイトル（だけ）作家
『最後の波の音』文春文庫

小川洋子（おがわ・ようこ）
1962年生まれ。小説家。『揚羽蝶が壊れる時』でデビューし、海燕新人文学賞。『妊娠カレンダー』で芥川賞、『博士の愛した数式』で読売文学賞と本屋大賞、『ブラフマンの埋葬』で泉鏡花文学賞。他の作品に『ことり』『薬指の標本』『人質の朗読会』など。
＊p143　背表紙たちの秘密
『とにかく散歩いたしましょう』毎日新聞社

津村記久子（つむら・きくこ）
1978年生まれ。小説家。『マンイーター』でデビューし、太宰治賞。『ミュージック・ブレス・ユー!!』で野間文芸新人賞、『ポトスライムの舟』で芥川賞。他の作品に『ワーカーズ・ダイジェスト』『この世にたやすい仕事はない』など。
＊p148　没タイトル拾遺
『二度寝とは、遠くにありて想うもの』講談社

群ようこ（むれ・ようこ）
1954年生まれ。小説家、エッセイスト。『午前零時の玄米パン』でデビュー。他の作品に『鞄に本だけつめこんで』『亜細亜ふむふむ紀行』『かもめ食堂』など。
＊p150　わたしの処女本タイトルはいかにして決定されたか
『午前零時の玄米パン』角川文庫

内館牧子（うちだて・まきこ）
1948年生まれ。脚本家、作家。連続テレビ小説「ひらり」、「私の青空」や大河ドラマ「毛利元就」の脚本を執筆。『ベティちゃんの地味なくらし』や『別れてよかった』などのエッセイも多い。
＊p152
『別れてよかった』講談社文庫

髙樹のぶ子（たかぎ・のぶこ）
1946年生まれ。小説家。『光抱く友よ』で芥川賞。『水脈』で女流文学賞、『透光の樹』で谷崎潤一郎賞。他の作品に『街角の法廷』『霧の子午線』『マイマイ新子』など。
＊p155　彗星の尾
『葉桜の季節』講談社文庫

土屋賢二（つちや・けんじ）
１９４４年生まれ。哲学者、エッセイスト。専門はギリシア哲学、分析哲学。大学で教鞭をとるかたわら、数多くのエッセイを発表。『妻と罰』『教授の異常な弁解』『われ笑う、ゆえにわれあり』など。
＊ｐ１５９
『ツチヤの口車』文春文庫

小林信彦（こばやし・のぶひこ）
１９３２年生まれ。小説家、評論家。翻訳ミステリーの書評を手掛けながら小説『虚栄の市』を発表。他の作品に『オヨヨ島の冒険』『唐獅子株式会社』『夢の砦』など。評論も多い。
＊ｐ１６３　題名をめぐる苦しみ
『物情騒然。』文春文庫

高橋英夫（たかはし・ひでお）
１９３０年生まれ。文芸評論家。『批評の精神』でデビューし、亀井勝一郎賞。『役割としての神』で芸術選奨、『志賀直哉近代と神話』で読売文学賞。他の作品に『偉大なる暗闇』『時空蒼茫』『母なるもの近代文学と音楽の場所』など。ホイジンガ『ホモ・ルーデンス』の翻訳でも知られる。２０１９年没。
＊ｐ１６８　タイトルの定着——思考と言葉のかかわり
書き下ろし

三谷幸喜（みたに・こうき）
１９６１年生まれ。脚本家、映画監督。劇団東京サンシャインボーイズを旗揚げ。『12人の優しい日本人』『笑の大学』で注目を浴びる。『オケピ！』で岸田國士戯曲賞。
＊ｐ１７４　縁起のいいタイトルは
『三谷幸喜のありふれた生活10　それでも地球は回ってる』朝日新聞出版

林哲夫（はやし・てつお）
１９５５年生まれ。画家、著述家。武蔵野美術大学卒業。著書に『喫茶店の時代』、『古本デッサン帳』、『古本屋を怒らせる方法』など。装幀レイアウトを手がけた書物に『書影でたどる関西の出版１００』『書影の森筑摩書房の装幀１９４０-２０１４』『花森安治装釘集成』など。
＊ｐ１７７　フェルメールの娘は成長する……画題について
書き下ろし

川本三郎（かわもと・さぶろう）
１９４４年生まれ。評論家。「朝日ジャーナル」編集部員を経て文筆業へ。『大正幻影』でサントリー学芸賞、『荷風と東京』で読売文学賞、『林芙美子の昭和』で桑原武夫学芸賞、毎日出版文化賞、『白秋望景』で伊藤整文学賞。
＊ｐ１８５　凝り過ぎるのは良くないのだが
書き下ろし

木村雅信（きむら・まさのぶ）
１９４１年生まれ。作曲家、ピアニスト。ピアノ曲を中心に、オペラ、バレエ、室内楽曲などの作曲を多数手掛ける。モスクワ国際バレエコンクール最優秀伴奏者賞受賞。
＊ｐ１８９　題名
『作曲家の手仕事』みすず書房

池波正太郎（いけなみ・しょうたろう）
1923年生まれ。劇作家、小説家。新国劇の座付き作家として『名寄岩』などの脚本を執筆。小説『錯乱』で直木賞。『鬼平犯科帳』『剣客商売』などの大ヒットシリーズを生んだ。1990年没。
＊p191　題名について
『夜明けのブランデー』文春文庫

穂村弘（ほむら・ひろし）
1962年生まれ。歌人。連作の「シンジケート」で角川短歌賞次席。歌誌「かばん」に参加し、第一歌集『シンジケート』を発表。評論集『短歌の友人』で伊藤整文学賞。エッセイ集『鳥肌が』で講談社エッセイ賞。エッセイや絵本の翻訳も多い。
＊p194　タイトル
『もうおうちへかえりましょう』小学館文庫

俵万智（たわら・まち）
1962年生まれ。歌人。大学在学中に歌人・佐佐木幸綱に師事。「八月の朝」で角川短歌賞。第一歌集『サラダ記念日』で現代歌人協会賞。他の作品に『かぜのてのひら』『チョコレート革命』『プーさんの鼻』など。
＊p197　古びない歌集『さるびあ街』
『言葉の虫めがね』角川文庫

河野裕子（かわの・ゆうこ）
1946年生まれ。歌人。宮柊二に師事。『桜花の記憶』で角川短歌賞。『ひるがほ』で現代歌人協会賞、『桜森』で現代短歌女流賞。『母系』で齋藤茂吉短歌文学賞。2010年没。
＊p202　タイトルは時代を映す
『わたしはここよ』白水社

清水哲男（しみず・てつお）
1938年生まれ。詩人。詩集『喝采』でデビュー。『水甕座の水』でH氏賞、『東京』で詩歌文学館賞、『夕陽に赤い帆』で萩原朔太郎賞、土井晩翠賞。他の作品に『スピーチ・バルーン』『緑の小函』など。
＊p205　詩の題
『詩的漂流』思潮社

鴻巣友季子（こうのす・ゆきこ）
1963年生まれ。翻訳家。大学在学中より翻訳活動をはじめる。翻訳にJ・M・クッツェー『恥辱』、ヴァージニア・ウルフ『灯台へ』、エミリー・ブロンテ『嵐が丘』など。著書に『翻訳問答2』『謎とき『風と共に去りぬ』』など。
＊p217　プライド
『やみくも』筑摩書房

高橋良平（たかはし・りょうへい）
1951年生まれ。評論家。SF小説およびSF映画に関する評論を手掛ける。編著『ジェームズ・キャメロンの映像力学』や『Welcome to TWIN PEAKS ツィン・ピークスの歩き方』の監修を務める。
＊p221　翻訳小説のタイトルについて考えてみた
『本の雑誌』32号　本の雑誌社

戸田奈津子（とだ・なつこ）
1936年生まれ。映画字幕翻訳者、通訳。海外映画の黄金期にその字幕翻訳の多くを手掛け字幕翻訳家を職業として確立した。字幕を手掛けた映画に「地獄の黙示録」「スター・ウォーズ」など。
＊p226　字幕と題名
『字幕の中に人生』白水社

紀田順一郎（きだ・じゅんいちろう）
1935年生まれ。評論家。ミステリー評論に始まり、近代史・書誌についての評論として『明治の理想』『落書日本史』など。『現代人の読書』『世界の書物』などの読書論も多い。
＊p232　たかが題名
『奥付の歳月』筑摩書房

樋口至宏（ひぐち・よしひろ）
1943年生まれ。人文書院、鳥影社を経てフリーの編集者。『僕たちの祭』で第31回文學界新人賞受賞。ドイツ文学、思想、文化などの出版に長年携わる。
＊p235　忘れられなかったり、恥じ入るばかりだったり
書き下ろし

若林邦秀（わかばやし・くにひで）
1965年生まれ。出版社勤務を経て、フリーランスライター。出版社時代は、書籍編集者として約20年間、単行本の企画・編集に携わる。2011年に退社・独立。以降、自称〝書き編み師〟（編集のわかるライター）として、心理、教育、宗教、経営などの分野で雑誌・書籍の執筆・構成を行っている。
＊p241　タイトル会議の風景
書き下ろし

石塚純一（いしづか・じゅんいち）
1948年生まれ。平凡社を経てフリーの編集者に。出版文化史研究を行う。著書に『金尾文淵堂をめぐる人びと』など。
＊p247　名づけの機縁
書き下ろし

柴田光滋（しばた・こうじ）
1944年生まれ。編集者。新潮社勤務時代に吉田健一、安部公房、丸谷才一、辻邦生などの作家を担当。著書に『ワインをめぐる小さな冒険』など。

＊p252　編集者の魂は細部に宿る
『編集者の仕事―本の魂は細部に宿る』新潮新書

各務三郎（かがみ・さぶろう）
1936年生まれ。編集者。早川書房で「ミステリマガジン」の編集に携わり、のちに編集長となる。著書に『赤い鰊のいる海』など。エラリー・クイーンやガードナー、チャンドラー作品の編集や翻訳も多く手掛ける。
＊p255　他人の顔
『ミステリ散歩』中公文庫

森村稔（もりむら・みのる）
1935年生まれ。評論家。博報堂勤務を経て、リクルートに創業時からかかわり、設立とともに入社。各要職を歴任したのち大学などでメディア論を教える。著書に『スペシャリスト時代』『頭の散歩』『自己プレゼンの文章術』など。
＊p257　本の題名
『クリエイティブ志願』ちくま文庫

高橋輝次（たかはし・てるつぐ）
１９４６年生まれ。編集者、文筆家。三重県伊勢市に生まれ、神戸で育つ。１９６８年に大阪外国語大学英語科卒業後、協和銀行勤務。１９６９年に創元社に入社するも、１９９２年には病気のために退社し、フリーの編集者となる。古本についての編著をなす。アンソロジーに『増補版 誤植読本』（ちくま文庫）、最新作に『雑誌渉猟日録 関西ふるほん探検』（皓星社）がある。

タイトル読本

発行日　2019年9月30日　第1刷発行

編著者　高橋輝次

発行者　小柳学

発行所　株式会社左右社

〒150-0002　東京都渋谷区渋谷2-7-6　金王アジアマンション502
TEL　03-3486-6583／FAX　03-3486-6584
http://www.sayusha.com
JASRAC　出　1908315-901

装幀　戸塚泰雄（nu）

印刷・製本　創栄図書印刷株式会社

 ISBN 978-4-86528-245-0

左右社のアンソロジー

〆切本

本体2300円+税〔8刷〕

著者：夏目漱石、谷崎潤一郎、江戸川乱歩、川端康成、稲垣足穂、太宰治、埴谷雄高、吉田健一、野坂昭如、手塚治虫、星新一、谷川俊太郎、村上春樹、藤子不二雄A、岡崎京子、吉本ばなな、西加奈子ほか

追いつめられて苦しんだはずなのに、いつのまにか叱咤激励して引っ張ってくれる……夏目漱石から松本清張、村上春樹、西加奈子まで悶絶と歓喜の〆切話94篇を収録。泣けて笑えて役立つ、人生の〆切エンターテイメント。

〆切本2

本体2300円+税〔2刷〕

著者：森鷗外、二葉亭四迷、武者小路実篤、北原白秋、石川啄木、芥川龍之介、横溝正史、小林多喜二、堀辰雄、丸山眞男、水木しげる、山崎豊子、田辺聖子、赤塚不二夫、高橋留美子、穂村弘ほか

〆切アンソロジー第2弾。非情なる編集者の催促、よぎる幻覚と、猛猿からの攻撃をくぐり抜け戦った先にあるのは仏か鬼か、〆切か。バルザックから川上未映子まで筆を執り続けるものたちによる勇気と慟哭の80篇。